黒野葉月は鳥籠で眠らない

織守きょうや

双葉文庫

黒野葉月は鳥籠で眠らない

目次

黒野葉月は鳥籠で眠らない

弁護士になったとき、いつか自分も、犯罪被害者の対応をする日が来るだろうとは思っていた。

そして怒り狂う被害者になじられたり、泣き崩れる被害者にひたすら頭を下げたりする自分を想像していた。

しかし実務経験の豊富な先輩たちに話を聞いてみると、被害者は被疑者の弁護人には会ってさえくれないことも多く、ドラマのような修羅場はそうそう頻繁にあるものではないことがわかった。むしろ、会って話ができるところまでこぎつけるのが大変なのだと、先輩たちは口をそろえて言った。

確かに、自分が被害者の立場だったら、加害者には会いたくもないし、その弁護をしている人間にも積極的に会いたいとは思わないだろう。そう考えれば、被害者に罵られることよりも、もう関わりたくないと言っている被害者に話を聞いてもらうよう説得することのほうが大変な仕事かもしれない。弁護士二年目にして、木村龍一はそんな風に思うようになった。

しかしこの仕事は、想像していた通りにはいかないものだ。

犯罪被害者が、まして、高校生の少女が、自分から被疑者の弁護人の前に現れる――それも、こんな風に、ある日突然、事務所の受付の前で待っているなどということは想定していなかった。

そのせいで、反応が遅れた。

受付のソファに座っていた彼女は立ち上がり、突っ立っている木村の前まで来て足を止める。

そして品定めをするような目で見上げ、言った。

「あなたが、あの人の弁護人？」

＊　＊　＊

留置係の警察官に連れられて接見室に入ってきたのは、茶色の髪をうなじにかかるほど伸ばした、二十代前半に見える優男（やさおとこ）だった。

木村は立ち上がり、就職祝いに父にもらった名刺入れから名刺を取り出す。万引き以外の刑事弁護をするのはこれが初めてだったが、背筋を伸ばし、事務所の先輩たちに助言された通り、接見室を区切る透明なアクリル板越しに名刺の表を相手に示した。

「皆瀬理人さんですね。弁護士の木村龍一です。ご両親からの依頼で、あなたの弁護人に選任されました」

皆瀬は、どうも、と気のない会釈を返した。

疲れた顔をしてはいたが、その表情に予想していたほどの悲愴感はない。

先輩たちからは、逮捕されたばかりの被疑者は憔悴しきっているだろうから、まずは相手を気遣い、弁護人が味方であることを示して安心させてやれと言われていたが、その必要もなさそうだ。

逮捕・勾留は初体験だろうに、図太いな、と思いながら、木村は彼の向かいのパイプ椅子に腰を下ろす。

「まだ勾留状は取り寄せ中なので、正確な罪体はわからないんですが、ええと……あなたは、十五歳の教え子……元教え子の少女に淫行をさせた、ということで逮捕されたと聞いているんですが。間違いありませんか？」

「……まあ」

なんとも気の抜けた答えが返ってきた。家庭教師をしていた家で、教え子の少女にわいせつな行為をさせたとして逮捕されたにしては、反省が見られない。

少しくらい恥じ入った様子を見せてみろ、と内心では腹立たしく思いながら、それを表には出さないよう意識して続けた。

「黒野葉月さん、でしたか。彼女が十八歳未満だと知りながら、性行為もしくは性交類似の行為をさせたことについては、認める、ということでいいですか」

「……おおむね」

そう答えた彼の表情には、かすかな苦笑が混じっていた。

(笑ってる場合じゃないだろう)

木村の胸に、苛立ちが湧きあがる。

目の前にいる彼からは、逮捕・勾留された人間が当然に抱くであろう焦燥も、今後への不安感も、年若い少女にわいせつな行為をさせたことに対する罪悪感や後悔も感じとれなかった。

少し眉を下げ、困った顔をしてはいるが、実際の彼の状況は「ちょっと困ったことになった」というレベルではない。これから起訴され裁判を受け、「前科者」になるかもしれないということに、考えが至っていないのだろうか。

彼は大学生で、今二十一歳だったはずだ。人生これからという年齢で、性犯罪者という十字架を背負うことの重さが、わかっていないのか。

「いいですか、あなたは今、逮捕され、勾留されていて、検察官の起訴するかしないかの判断を待つ身ということになります。検察官は、警察の集めた証拠とか、関係者の調書とか、そういうものを検討して、自分でも取り調べをして、起訴するかどうかを決めることになります。起訴されて裁判をすることになった時点で、ようやく、検察官側が持っている証拠やデータが開示されるので、今の段階では私にはほとんど何のデータもないんです」

　事の重大さが伝わるよう、わざと硬(かた)い口調で言った。

「あなたを弁護するために、私は事件のことをできるだけ詳しく知らなければいけません。そのためには、あなたから事情を聞くしかないんです。警察や検察は、被害者や目撃者はもちろん、色んな関係者から情報を集めているし、あなたの前科前歴も調べがついているでしょう」

　ここまで言っても反応は薄い。被害者の少女は知人らしいから、そこまで大事(おおごと)にならないだろうと、たかをくっているのだろうか。だとしたら、それは大きな間違いだということを、弁護人として、彼にわからせなければならない。

「あなたと被害者の少女は、交際していたんですか」

「交際……うーん、してたのかな……してたような、してなかったような」

「少なくとも、両親公認で、関係を皆に明らかにしていたわけではない……となると、検察や裁判所には、真剣に交際していたわけではないと判断されそうですね」

　わざと冷たく、切り捨てるような言い方をした。

　皆瀬は一見して女の子にもてそうな外見をしているから、被害者少女も彼を憎からず思っていたのかもしれない。もう一歩進んで、恋愛関係だったとしても不思議はない。

　しかし、児童を指導すべき立場の人間が、その立場を利用して児童と性行為や、それに類する行為をすること――児童をそそのかしてそのような行為をすることは、それだ

わ
けで犯罪だ。直接的な強制がなくても、たとえ恋愛関係にあったとしても、それは変わらない。

木村にとっても、こういったケースの弁護をするのは初めてのことだったが、ここへ来るまでにちゃんと先輩たちに教えを乞うて、似た事案の判例も調べてきたのだ。

接見台の上で両手の指を組み、真正面から皆瀬と目線を合わせて、彼にとっては残酷かもしれない事実を、はっきりと告げる。

「あなたの行為は、児童福祉法違反になります。児童に淫行をさせた罪です。たとえ少女の側の同意があっても、恋愛関係にあったとしても、罪になるんですよ」

皆瀬に、驚いた様子はなかった。さすがに笑いは消えていたが、うろたえたそぶりを見せることはなく、落ち着いた声音で尋ねる。

「俺、どれくらいの罪になるんですか」

「わかりません。法定刑の上限は懲役十年ですが、罰金で終わることもありますし、被害者と……この場合は被害者の両親と、ということになるでしょうが、示談ができれば、不起訴の可能性もゼロではないと思います」

児童福祉法違反は親告罪ではないから、被害者側が被害届を取り下げても事件は事件として捜査される。しかし、被害者側と示談ができているかどうかが、刑の判断に大きく影響することは間違いない。

「こういった……性犯罪の場合、特に被害者が未成年の場合は、示談が難しいんです。

お金の問題ではないと、具体的な話になる前に断られてしまうことも多くて。でも、示談金を払うだけでなく、事件のことを口外しない、今後互いに干渉しない、と約束することで、示談に応じてもらえることはあります。まず話を聞いてもらえるかというところが最初のハードルですが、弁護活動の方針としては、被害者の両親に接触を試みるところから始めます」

木村が言うと、皆瀬は今度こそはっきりと苦笑して、

「それは……多分ないかなあ」

まるで他人事のように言った。

木村も、示談は難しいかもしれないと思っていたが、助言をくれた先輩弁護士は、せめて慰謝料だけでも受け取ってほしいと頭を下げれば、それくらいは応じてもらえるかもしれないと言っていた。示談はできなくても慰謝料を支払ったという事実自体が、反省を示す一つの有利な証拠になるのだ。皆瀬自身は大学生で、大した蓄えもないだろうが、彼の両親は資産家だそうだから、ある程度まとまった金額を用意できるだろう。

「やってみなければわかりませんよ。私もできる限りのことをしますから」

言いながら、ちらりと左手首にはめた時計を見た。まだ十分に話を聞けていないし、信頼関係を築けたとも言い難かったが、そろそろ出なければ、次の仕事に間に合わない。

「勾留状を取り寄せて、あなたが、どの具体的な行為について裁かれようとしているのかを確認したらまた来ます。今度はもっと、詳しい話を聞かせてください」

パイプ椅子を引いて立ち上がった。

皆瀬もそれを見て立ち上がり、よろしくお願いしますと頭を下げる。その仕草はどこか、育ちの良さを感じさせた。

なんとなく手ごたえがない男だと思っていたが、こうして頼られれば悪い気はしない。

何より、彼を救えるのは自分しかいないのだ。

「今日明日中に皆瀬さんのご家族とも会って、身元引受のこととか、陳述書のこととか、今日の接見の報告もかねて、色々お話しします」

接見室のドアに手をかけながら振り返り、言う。

「被害者の両親の連絡先も、検察官から聞いて、接触してみますから！」

皆瀬は諦めの滲んだ表情で、曖昧に笑っただけだった。

＊　＊　＊

皆瀬理人の五つ違いの弟、櫂人は、兄とは似ていなかった。

よく見れば顔立ち自体は近いところもあるようだったが、雰囲気が全く違う。へらりとして緊張感のない兄と違い、目つきがキッとして、どこか尖った印象を受けた。

まあそれも当然か、と木村は心の中で彼に同情する。何せ、兄が逮捕されたばかりなのだ。

彼らの両親は海外駐在中で、成人している兄の理人が弟の保護者になるという名目で、兄弟で二人暮らしをしていたそうだ。弟の監督をする立場であるはずの兄のほうが、児童への淫行のせいで逮捕されてしまったのだから、不機嫌にもなるだろう。

それでも、木村が玄関先で名乗ると、櫂人はぺこりと頭を下げて、居間へと案内してくれた。

皆瀬理人が逮捕されたとの、警察からの報せを最初に受けたのは、当然、日本にいる唯一の同居家族である彼だった。次男からの国際電話で長男の逮捕を知った皆瀬夫妻が、木村の勤める法律事務所に依頼をし——所長と親交があったらしい——、木村が皆瀬の弁護を引き受けることになったわけだが、依頼した側もまさか、刑事弁護の経験値がゼロに近い新人弁護士が担当になるとは思っていなかっただろう。

木村の所属事務所では普段、刑事事件を受けることはあまりないので、皆が面倒がって、一番の新入りである木村に押し付けたという経緯があるのだが、そんなことは依頼者たちには無関係だ。新人だろうがベテランだろうが弁護士は弁護士で、依頼者にとって唯一の頼れる存在なのだから、「経験がないからよくわからない」では済まされない。

刑事弁護の本を読み、先輩たちに話を聞いて、手続きの流れや弁護術のセオリーは頭に叩き込んできた。被疑者との初接見では、どうにも手ごたえを感じられなかったが、ここで挽回だ。信頼できる弁護士だと、被疑者家族に安心してもらう。

木村は気合を入れて、鞄からメモをとるためのリーガルパッドとペンを取り出し、向かいに座った櫂人に向き直った。

「櫂人くんは、去年からお兄さんと二人暮らしなんだよね。兄弟仲はいい？」

「普通」

「たとえば、食事なんかは一緒にとってた？」

「時間が合えば……兄貴がうるせえから」

仲が悪いということはなさそうだ。

どうでもよさそうに目を逸らしながら話すのは、照れ隠しらしい。

家族が協力的であることは、弁護活動を行っていく上で大きなプラスだ。少しほっとした。

「今回のこと、……お兄さんが逮捕されたこと、どう思った？」

そっと大事な質問を投げかけると、

「……別に」

櫂人の表情がほんのわずか、険しくなる。

「驚いた？」

「まあ……」

「信じられないとか、逆に、その兆候はあったとか……事件のことを聞いて何を感じたか、教えてほしいんだけど」

木村がさらに促すと、目を逸らしたままで素っ気なく言った。

「さあ。兄貴はふらふらしたとこあるし、誘われて断れなかったんじゃねえの」

事件が起きたのは被害者が誘惑したせいだ、と櫂人は思っているらしい。

自分の家族は悪くないと信じたい、その気持ちはわかるし、被疑者側の身内にはありがちなことなのかもしれないが、被害者側を責める発想は危険だった。少しでもそんな考えが滲み出れば、まとまる示談もまとまらない。それに、皆瀬の今後の更生のためにもよくない。

検察官には聞かせられないな、と思ったが、今ここで櫂人の物言いを咎めても仕方がないので、それには触れずに次の話題へ移る。

「被害者の……便宜上そう呼ぶけど、その女の子のことは、知ってる？　お兄さんから聞いたことあった？」

櫂人は目線を木村へと戻して頷く。

「何度か家にも来てたし」

「会ったことあるんだ⁉」

思わず身を乗り出した。

木村の反応に驚いたらしく、櫂人は目を瞬かせて少し身体を引く。

「ていうか、同じ学校だから。クラス違うけど」

そういうことは早く言え。

木村はソファに座り直し、小さく咳をして体勢を立て直した。

被害者がいる事件の弁護活動で一番重要なのは被害者との示談で、その最初のハードルは、被害者への接触だ。起訴前の段階では、通常弁護人には、被害者の連絡先は知らされていない。示談の話をするためには検察官を通して聞くしかないのだが、「被害者が示談を望まない」と、検察官に門前払いをされてしまうこともある。と、先輩たちには聞いている。

検察官頼みにしなくても被害者に接触可能で、さらに、被害者の人となりや被疑者との関係についても調査できるとなれば、活動の幅がぐっと広がる。

「彼女の連絡先とかも、わかる？」

「黒野の？　わかるけど……」

櫂人が携帯電話を取り出して、電話番号を読み上げた。

パッドの隅にメモをとる。もちろん、この番号に直接かけるのは最終手段だ。性犯罪の被害者の、しかも未成年の携帯電話に、何のアポイントメントもなくいきなり電話をかけるというのは、木村としてもできれば避けたかった。被害者の両親を怒らせてしまっては、示談にも差し障る。

検察官を通して示談の申し入れをする予定は変わらないが、それでもこれは大きな収穫だった。

「被害者側との示談は、こっちで動いてみるから、櫂人くんは黒野さんたち一家に接触しないようにしてほしいんだ。当事者同士だと、感情的になることも多いからね」

「…………」

「黒野さんとは、仲良かったりしない……よね」

「仲良くねえ」

まあそうだろうな、と、木村は思う。彼女のことを話すときの様子からもそれはうかがえた。

携帯電話の番号を知っているということは個人的に交流があるのかと思ったのだが、皆瀬は彼女の家庭教師をしていたのだから、家族がその連絡先を聞いていたとしても不思議はない。それに彼らは今どきの高校生だ。電話番号を知っている、イコール友達、というわけでもないだろう。

「だよね。じゃあ、学校で見かけても声をかけないで、近づかないようにして」

「……俺からは近づかねえよ」

それも、まあそうだろう。クラスも違うなら、偶然顔を合わせてしまうということもそうそうないだろうし、糴人が積極的に黒野葉月に接触するとも思えなかった。

被害者対応についての確認は、これでよし。先輩に教えられたポイントを一つ一つ頭の中で確認し、チェックしていく。

被疑者の家族に言っておくべきことは、被害者に接触しないよう釘(くぎ)を刺すことと、それから――そうだ、被疑者の身元引受人と、情状(じょうじょう)証人になってもらうことだ。

木村はリーガルパッドから顔をあげ、自分の家なのにどこか居心地(いごこち)悪そうにしている櫂人と目線を合わせた。

「高校生の弟が身元引受人っていうのも何だから、それについてはご両親と相談してみるつもりだけど。同居人として兄を支えるつもりがあるとか、二度と彼女に会わないよう、今回のことについてはちゃんと話し合うつもりだとか、そういうことを書いて提出することになると思う。書面にまとめるのはこっちでするけど、協力をお願いできるかな」

　家族が協力して更生させる、二度と悪いことはさせないから今回だけは見逃してください、罪を軽くしてくださいという内容の陳述書を、被疑者側に有利な判断材料として提出する。国内にいる身内が高校生の弟だけというのがネックだが、誰もいないよりはましだ。

「兄貴はそんな、家族が見張らなきゃいけないような、がっついた奴じゃねえし、黒野を無理矢理どうこうするなんてことは絶対ねえよ。むしろ、黒野のほうが兄貴にまとわりついてたっていうか……それでも兄貴のほうが罪になんの？」

　櫂人は不満げに眉を寄せている。

　被疑者の家族としては当たり前の疑問だろう。弁護士である木村ですら、今回選任されるにあたって先輩に法律の趣旨について教わっていなければ、「明確な同意があるなら処罰されることではない」と思ってしまったかもしれない。どう説明すればいいかと、考えながら言葉を選んだ。

「お兄さんと彼女は、おつきあいしてたのかな」

「……そういう感じでもなかったけど」

「そうか」

皆瀬自身の答えも煮え切らない感じだった。となると、家族にも紹介して真剣に交際していた……という言い訳はやはり難しそうだ。

「児童福祉法違反の淫行罪は、なんていうか……教師と生徒とか、部活のコーチと部員とか、そういう、上と下っていう立場……人間関係をベースにした犯罪なんだ。自分と相手の立場とか人間関係に乗じて行為を行うことが罪になるのであって、相手から同意があっても有罪なんだよ。おかしいって思う気持ちはわかるけど、判断能力が未成熟な相手とつきあうときは、それだけ注意が必要っていうか、よほど真剣じゃないと……もっと言えば、真剣だって証拠がないとダメっていうか」

児童福祉法は、未成熟な児童を保護するための法律だから、そういう規定になっている。そして、法律に文句を言っても仕方がない。弁護士は、法律の範囲の中で戦うしかない。

「どちらの主導だったかっていうのは、もちろんある程度考慮されるだろうけど、女の子のほうが積極的だったとしても、それだけで無罪になるわけじゃないんだ。だから、罪は罪として成立するけど、それでも反省しているとか、家族ぐるみで更生のために努力するからとか、そういうところをアピールして、刑を軽くしてもらうことが重要なんだ」

先に憧れを抱いたのが少女のほうだったとしても、最終的に行為に至るときにどちらが主導していたかはわからないし、立証もできない。

二十一歳の男と十五歳の少女であれば、一般的には、男のほうが主導権を握っていたと考えられるだろうし、たとえ皆瀬理人と黒野葉月が対等な恋愛関係だったとしても、その事実を立証することは難しい。

櫂人は納得できない様子だったが、理解はしてくれたらしい。渋々といった風ではあったが、頷いて協力の意思を示してくれた。

「黒野には、もう会った？」

「会ってないよ。こういう事件だと、被害者本人には弁護士も、なかなか会わせてもらえないから、最後まで会わないままかもしれない」

被害者が未成年である場合は特に、示談の話も本人ではなく保護者とするから、弁護人が被害者本人と顔を合わせることはほぼないらしい。事件の担当になったとき、性犯罪の被害者の女子高生と、どんな顔をして会ったらいいのかわからないと木村が騒いでいたら、先輩の弁護士が教えてくれた。

「黒野さんって、どんな子？」

木村の質問に、櫂人はこれまでで一番深いしわを眉間に寄せる。

「何か、変な女。よくわかんねえ」

「明るくて元気とか、おとなしいタイプとか」

「明るくはない……元気って感じじゃない。けど、おとなしいっていうのも違うし……」

全く参考にならない。

黒野葉月という少女のイメージが、固まらなかった。

木村がうーん、と頭を抱えていると、見かねたらしい櫂人がソファから立ち上がり、

「黒野の写真、あるけど」

「えっ」

「中学も一緒だったから、卒業アルバムが」

自分の部屋からアルバムを持ってきてくれる。

立派な表紙のアルバムを広げた状態で木村の膝(ひざ)に置き、見開きのページ一面に生徒の顔写真が並んだ中の、一枚を指差した。

「これ。黒野」

写真に写っているのは、黒々とした癖のない髪を、肩まで伸ばした少女だった。

一重まぶたに、薄い唇。整ってはいるが、どちらかというと地味な顔立ちだ。

それに、どう見ても、子どもだった。

二十八歳の木村の目から見て、およそ、恋愛対象にはなりえない。

最近の女子高校生の中にはびっくりするほど大人っぽい少女たちもいて、テレビなど

を見て驚くことも多いが、そんな少女たちとは違っていた。

黒野葉月は現在高校一年生だから、この写真を撮ってからまだ一年も経っていないことになる。

皆瀬理人は黒野葉月の、高校受験のための家庭教師だったと聞いている。ということは、初めて出会った頃の彼女は、この写真よりももっと幼かったはずだ。恋愛関係になったのはごく最近のことなのかもしれないが、それにしても――ない。

(これはやっぱり、誰がどう見ても「児童」を大人がたぶらかしたようにしか見えないよなあ……)

少女のほうが誘惑したのだという主張も、対等な恋愛関係だったという主張も、思っていた以上に、通る望みは薄そうだ。

写真の中の黒野葉月は、つまらなそうな表情で、こちらを見ている。

＊　＊　＊

着任の挨拶（あいさつ）がてら、示談の話をしたいので被害者の保護者の連絡先を知りたいと、担当検察官に連絡をした。

電話に出たのは、気の強そうな女性検事だ。声の感じだとまだ若そうだったが、

『わかりました。被害者女性のご両親にご意向は伝えます。こういう事件なので、無理

だと思いますけどね』

素っ気なく言われ、電話を切られてしまった。

立場上仕方ないのかもしれないが、やはり、いい気持ちはしない。

なんだよ、と呟きながら、耳から受話器を離した。

「何、木村くん、検察に電話？」

コーヒーカップを持って木村のデスクの後ろを通りかかった先輩弁護士の高塚智明が、足を止め声をかけてくる。

「ハイ。何か感じ悪かったです、ほんとは被害者の連絡先はわかってるんですけど、気い遣って検事を通しての連絡って形にしたのに！　示談は無理だと思いますけどねーって」

「まあ、難しいだろうね。もともと親からの通報で逮捕されたんでしょ？　でも、弁護士からの電話にくらいは応じてくれるんじゃないの」

「娘を傷ものにされたとかって、怒鳴られたりしませんかね」

「意外と、弁護士には怒鳴る人って少ないよ。被疑者のことは憎いだろうけど、弁護人に怒鳴っても仕方ないって、理性ある人ならわかるから」

高塚はこの事務所の稼ぎ頭で、木村に皆瀬の弁護を押しつけた先輩の一人だ。それを悪いと思っているのか、こうして時々様子を見に来ては、助言をくれる。

面倒な割に金にならないからできるだけやらないというだけで、高塚には刑事弁護の経験もそれなりにあるはずだった。

木村は受話器を置いて、椅子ごと彼のほうへ振り返る。

「先輩、児福法違反の弁護やったことあるって言ってましたよね。今回みたいなケースだと、どれくらいの刑になりますかね」

高塚は、うーん、と首をひねりながら、ブランドもののカップに口をつけた。

「児童淫行って、ほとんどが懲役刑なんだよね。執行猶予がつくことはあるけど、罰金で済むってことはまあないね」

「罰金の規定もあるってことは、罰金になる事案もあるってことなんじゃないですか？」

「あるけど、それは関与が間接的だった場合とか。今回みたいに、師弟関係にある女の子に手を出したようなケースだったら、まあまず正式裁判になるね」

接見室で、まるで最初から諦めているかのように落ち着いていた皆瀬を思い出す。

正式裁判になるということはつまり、公の裁判で、性犯罪者として裁かれるということだ。そして、有罪になれば当然、前科がつく。

「結構大変な状況だってことは被疑者にも話したんですけど、何か本人に必死さっていうか、危機感がないんです。諦めているみたいな……犯行を認めてはいるんですけど、特に反省したり落ち込んだりする様子も見せないし、かといって、悪ぶって開き直ってるって感じでもなくて。言い訳もしないんです。こっちの訊くことには一応答えるんですけど、自分からはほとんど何も話してくれませんでした」

現段階ではすべての客観的資料は捜査機関側が持っていて、弁護人は、本人から情報を得るしかない。その唯一の情報源が話をしてくれなければ、弁護人は仕事のしようがないと、皆瀬にも説明したのに。

「態度も悪くないし、ふてくされてるとか反抗的とかそういう感じは全然しないんですけど、何か……心を開いてくれていないっていうか」

「まだ一回目の接見でしょ？　そんなもんだよ。ましてや今回は性犯罪だしね」

初対面の相手に一切隠し事をするなとか、ハードル高すぎるよ。そう言って、高塚は肩をすくめた。

「いくら弁護士でもね。依頼人にすぐ全幅の信頼を置いてもらえるなんて期待しないほうがいいよ。刑事事件は明確な時間制限があるから焦る気持ちもわかるけど、弁護人にすぐ何でも話してくれる依頼人ばっかりじゃないよ」

「自分の将来がかかってるのに、ですか？」

「その情報が弁護のために重要かどうか、素人には判断なんてできないからね」

だからこそ弁護人としては、全部話してもらわなければ困るのではないか。

そう思ったのが顔に出ていたのか、高塚は器用に片方の眉を下げて苦笑する。

「言わなくて済むなら言いたくないことって当然あるだろうし、これ言ったら責められるんじゃないかとか怒られるんじゃないかとか……純粋に知られたくないこともあるだろうし、不利な事情は隠したいって思うのは、ある程度は仕方ないところがあると思うよ。木村くんには、依頼人のどんな秘密も本性も受け入れる！　って覚悟があっても、依頼人側にはそんな覚悟ないからね。普通」

言われてみればもっともだ。うなだれた。張り切りすぎて、空回りしていたかもしれない。話をしてもらえないということは信頼されていないということで、それには弁護士の側にも原因がある。

「でもそれは当たり前のことなんだから、一回目の接見で手ごたえがなかったからって、落ち込む必要はないと思うけどね」

よほど情けない顔をしていたのだろう、フォローされてしまった。

しょんぼり肩を落としたままで、ありがとうございます、と応えると、「それに」と高塚が続ける。

「本心とか真実を知らないほうが仕事しやすいこともあるよ。特に、木村くんみたいに正義感が強くて正直なタイプはね。なんでもかんでも話されても困る、ってケースもあるから、どっちがいいとも言えないね。バランスの問題かな」

「知らないほうがいいこと……？　弁護人なのにですか？」

「たとえば、被疑者が本心では反省してなくたって、こっちには反省してますって言ってくれたほうがやりやすいし。『本当は自分がやったけど、やってないってことにしといて』って依頼人に言われたら、木村くん困るでしょ」

言葉に詰まった。

木村が特別わかりやすいのか、高塚が特別聡いのか——前者だとしたら、弁護士としては問題があるのではという気がするが——高塚は、木村が本格的に悩み始める前にというように、

「まあでも今回は、依頼人が爆弾抱えてるってことはなさそうだから」

声の調子を変えて、話題を今回の事件へと戻す。

「根掘り葉掘り聞きだす必要もないんじゃないの。全部認めてるんでしょ？　それなら、ひたすら反省を示して被害者サイドと示談、って形がベストじゃないの」

「そうですね……」

仮定の話で悩んでも仕方がないので、木村も頭を切り替える。

自分のしたことについて、皆瀬は争うつもりはなさそうだった。弁護の方針としても、被疑事実については認めた上で、情状弁護をすることになる。被害者の処罰感情は強くないとか、反省し二度と過ちを犯さないと誓っているとか、被疑者に有利な事情を挙げて、処分を軽くしてもらうのが目的の弁護だ。被害者サイドと示談が成立すれば、不起訴に持ち込むこともできるかもしれない。

（起訴されればまず間違いなく有罪だし、どんなに軽い刑で済んだって、前科はつく……あの年で、きついよなあ）

一度会っただけだが、皆瀬は立場に乗じて未成熟な少女をたぶらかすような男には見

えなかった。見た目は派手で遊び好きな最近の若者といった感じなのに、言葉を交わしてみると、育ちのよさや人の好さが、何気ない仕草や話し方から滲み出ているように感じたのだ。

教え子に好意を寄せられて断り切れなかった、というのは案外当たっているのではないかと、木村は思っている。

「遊びとかじゃなくて、恋愛関係だったとしても……やっぱりダメなんですよね。女の子のほうも結構積極的に、彼を好きだったみたいなんですけど」

「真剣交際の抗弁は、主張としてはよくあるけど、意外と通らない印象があるかな……。真剣につきあってたって証拠はなかなか出せないし、女の子が未成年だと、事が大きくなってくると怖くなって――親に問い詰められたりすると特に、つい、だまされたとか、断れなかったとか、言っちゃうこともけっこうあるし」

むしろ、被害者に責任転嫁しようとしていると見られて、裁判官の心証を悪くしたり、示談ができなくなったりすることもあるから、少女のほうが積極的だったって主張するのはリスキーかも、と高塚は続けた。

被害者側とは一切対立しないよう、非を認めてひたすら謝り、反省を示すのが安全策ということだ。

皆瀬本人や櫂人にはそう説明していたが、木村の内心でも、釈然としない部分があった。

事実はさておき、「自分が悪かった、反省しています」と言わせたほうが、結果的に被疑者のプラスになることもある。ならば弁護人としてはそうさせるべきだと、頭では理解していても。

「相思相愛でも罪は罪なんですね……」

「十五歳じゃねえ。本気で好きだったとしても結局は、親の許可もなく何もわかんない子どもをたぶらかしたってみられるだろうね」

皆瀬を弁護する立場の木村の目にも、黒野葉月はいかにも子どもっぽい、幼い少女であるように映った。あの少女と大の男が対等な恋愛関係にあったとは、検察官も裁判所も信じないだろう。

やはり厳しい弁護になりそうだな、と思ったとき、事務局から声がかかった。

「木村先生、検察庁の宮下検事からお電話です」

「あ、ハイ」

慌ててデスクの電話をとると、ついさっき挨拶をしたばかりの女性検事の、素っ気ない声が聞こえてくる。

『検察庁の宮下です』

「弁護士の木村です。お世話になっております」

口調が、先ほどよりもさらにぶっきらぼうな気がする。理由もなく緊張して、木村の声も硬くなった。

『先ほどの件……弁護人が接触を求めていると、被害者のご両親にお伝えしたんですが』

「はい」

ここで突っぱねられても、黒野葉月に接触する術はある。だからこんなにも緊張する必要はないのだが、彼女の話し方に険があるのでつい身構えてしまった。

(ここまであからさまに敵視しなくてもいいのに)

女性の検察官にとっては特に、少女に対する淫行罪は許せないという思いがあるのかもしれないが、弁護人にまでとげとげしい態度をとることはないのに、と木村は思う。こんなに早く連絡をくれたということは、木村に頼まれてすぐに被害者側に確認してくれたということだから、それには感謝すべきなのだろうが。

緊張しながら続きを待つ木村に宮下は、予想外の言葉を告げた。

『先方は、示談に応じる意思があるそうです。弁護人からの連絡を希望されています』

＊　＊　＊

「彼は、知人の息子さんでね。その縁があって、娘の家庭教師をお願いしていたんです。娘の成績はあがって、高校にも合格できましたし、非常に感謝していたんですが」

まさかこんなことになるとは、と苦い顔で「被害者の父」、黒野忠司は言った。

「いい青年だと思っていたのに、残念です。信頼して任せていたのに」

木村は、両手をスーツの膝の上に置き、神妙な顔でただ目を伏せる。

黒野葉月自身は外出していて——両親が外出させたのかもしれない——いなかった。案内された立派な応接室のソファセット、その向かいの席に彼女の父親が座り、その隣には、コーヒーを運んできてくれた母親が、トレイを持ったまま座ってうつむいている。父親は五十歳前後、母親のほうは、もう少し若いだろうか。二人とも、見るからに品がいい。

写真でしか見ていないが、葉月は、どちらかというと父親似のようだ。

彼らに大切に育てられただろう少女が、今回の事件の被害者なのだ。その事実を、改めて突きつけられる。

性犯罪の被害者に会いに行くほど辛い仕事はないと、先輩の誰かが以前言っていたが、確かにきつい。殴られたり罵られたりというようなことはなかったし、黒野夫妻は予想していたよりもずっと冷静だったが、それがなおさら木村を申し訳ない気持ちにさせた。

「信頼を裏切ってしまったことは、本人も反省していると思います。直接お詫びにはうかがえないので、私から謝罪の意思をお伝えすることしかできませんが……」

何を言っても怒らせるだけかもしれないと思いながらも、何も言わないわけにはいかず、意を決して口を開く。

「言い訳にならないことはわかっていますが、彼も、軽々しい気持ちでお嬢さんと恋愛関係になったわけではないんです。だからといって許されることではないと、本人も今は理解していますし、罪を償う覚悟もあるようですが、遊びでお嬢さんを傷つけたわけではないと、それだけはわかっていただけないでしょうか」

わかったとも、信じられないとも、黒野は言わなかった。それで激昂するようなこともなかった。もしかしたら、娘と話をして、彼女のほうも皆瀬に恋愛感情を持っていたことを聞かされていたのかもしれない。

夫人は何も言わないまま木村と夫とを見比べている。

黒野は額に手をあてて息を吐いた。

「私たちも、彼を犯罪者にしたいわけではないんです。ただ、娘のことを心配しているだけで……お金が欲しいわけではないですし、これ以上関わり合いにもなりたくない。わかっていただけますか」

「それは、もちろん」

黒野夫妻は示談に応じる意思があると、宮下検事は言っていた。

事件が事件だから、大事にしたくないということかもしれないし、皆瀬が知人の息子だから配慮してくれているのかもしれない。正直、理由はどうでもいい。示談してくれるなら何でもいい。

しかし、示談の話を切り出すタイミングが問題だった。黒野の気が変わらないうちに話をまとめてしまいたいが、あまりこちらから示談示談と押せば、反省していないと思われて機嫌を損ねる可能性もある。

宮下検事を通して示談の意向は伝えてあって、黒野夫妻もそれに応じるということでこうして木村が呼ばれたのだから、示談の話をして悪いということはないだろうが——とにかく慎重に、相手との距離感を探りながら、言葉を選ぶ。

「皆瀬の謝罪を受け入れて示談していただけるということであれば、本件に関して互いに口外しないことや、今後干渉しないことを、示談書の中に記載させていただきます」

だから示談してくださいとも、許してくださいとも言わず、彼らの望むであろうことをただ提示した。刺激しないように、そっと、真剣な声で。

夫人が夫の膝の上に手を置き、ねえ、とその顔を覗き込むようにする。

黒野は少しの間黙っていたが、やがて、妻の手の上に自分の手を重ねて頷いた。

「皆瀬くんが今回のことを反省して、娘に金輪際近づかないと約束してくれるなら、それ以上は求めません。彼も前途ある青年です。検察官に、寛大な処分を求める嘆願書を書いてもいいと思っています」

(やった)

内心でガッツポーズをする。ぐ、と膝の上で握った拳に力が入った。

(やった!)

示談の約束をとりつけた。

その場で踊り出したいくらいだったが、理性で抑え込んで頭を下げる。

ありがとうございます、と深く身体を折ったままの姿勢で言った。

「今後一切葉月に近づかないと、それは書面にしていただけるんですよね？」

「もちろんです。すぐに本人に伝えて、書面を作成致します。ありがとうございます！」

鞄を手に持って立ち上がる。

ちょうど、勾留状が開示されたので、この後で皆瀬に報告に行くつもりだった。

被害者側からの嘆願書までとれれば、不起訴の可能性も十分ある。いや、むしろ、不起訴以外あり得ない気がしてきた。これでもう、弁護活動は終わったようなものだ。

皆瀬にも、櫂人にも、彼らの両親にも、事務所にも良い報告ができる。

そう思っていたのだが。

＊　＊　＊

二度目の接見、前回と同じ警察署の接見室。

報告することが二つある、と言いながら、木村はパイプ椅子に腰を下ろした。

我ながら勿体(もったい)ぶった話し方だと思ったが、皆瀬は急(せ)かすでもなく、おとなしく木村が話し出すのを待っている。

一刻も早く、示談ができそうだと報告して喜ばせたい気持ちはあったが、先にその話をしてしまったせいで皆瀬が浮足立って、事情聴取が十分にできなくなっては困る。示談がうまくいっても、検察官に意見書を出すために事実関係は確認しておかなければならないのだ。

順番にだ、と、むしろ自分を落ち着かせるために心中で呟いて、鞄から勾留状を取り出した。

「まず、勾留状を取り寄せました。つまり、捜査機関がどういった行為についてあなたを逮捕・勾留したのかが、明らかになりました」

透明なアクリル板越しに、勾留の根拠となっている事実を読み上げた。

被疑者皆瀬理人は、先月の十日、午後八時三十分頃、N市にある被害者宅にて、被害者黒野葉月（十五歳）が満十八歳に満たないと知りながら、同女の着衣を脱がせた上、同女をして自己を相手に性交類似の行為をさせ、もって、児童に淫行をさせる行為をした。取り寄せた勾留状には、そう記載されている。

「これについては、間違いないですか？」

「……まあ、大体は」

勾留状から目をあげて確認すると、皆瀬は恥じているような、げんなりしているような、微妙な表情で目を逸らしていた。口元は引きつった笑みの形だ。神妙な顔つき、とは言えない。自分の行為を省みてもう笑うしかないと思っているのかもしれないが、あのピリピリした検察官の前でこんな顔をしていたら、反省が足りないと大目玉をくらいそうだ。

「事実と違うところがあるなら、教えてください」

木村が促すと、皆瀬は首をひねった。

「微妙に違うかな……脱がせてはいないです」

そういう細部の話じゃなくて、と思わず木村も苦笑する。

「この日、葉月さんの家で、彼女と性的な接触を持っていたことは間違いないですか？」

「間違いありません」

「取り調べの時も、それは認めた？」

「はい」

それだけわかればいい。勾留状のコピーの余白に、「自白・捜査に協力」とメモをとった。

「これ、密室の中でのことですよね。どうして発覚したんですか？」

「……葉月のお父さんが、部屋に入ってきたので」

「それは……そうですか」

性行為の最中に、現場に踏み込まれたということらしい。想像するのもぞっとする修羅場だった。それでは、言い訳のしようもない。

葉月の両親も、それでよく示談に応じてくれることになったものだと思ったが、コメントは差し控える。結果的に示談できるのであれば、関係のないことだった。

「わかりました。では、二つめのご報告ですが」

勾留状をファイルにしまい、接見台の上に両腕をのせて、両手の指を組んだ。

いよいよだ。真正面から皆瀬の顔を見て、吉報を告げる。

「いいニュースです。葉月さんのご両親が、示談に応じてくださるそうです」

それまでいまいち緊張感がなかった、皆瀬の表情が変わった。

最初は、言葉の意味が理解できないかのようにぽかんとして、それから、真剣な顔になる。

「……本当ですか」

「はい。皆瀬さんが反省していて、今後葉月さんに近づかないと約束するなら、検察官に寛大な処分を求める嘆願書を書いてもいいとおっしゃっています」

「………………」

喜びよりも驚きと、信じられない気持ちのほうが強いようだ。無理もない。木村にとっても、思いがけない話だった。

皆瀬はうつむき、何やら考えるように黙っている。

何を悩むことがあるのか。単に実感が湧かないだけか。木村は焦れるような気持ちで見守っていたが、

「……それは、無理です」

視線を接見台へと落としたまま呟くように言った皆瀬の言葉に、耳を疑った。

「え？」

「反省はしています。でも、二度と会わないっていうのは……難しいです」

まさかの展開だった。

思わず聞き返した木村に、皆瀬は顔をあげて首を横に振る。一瞬何が起こったのかわからなかった木村にも、それでさすがに理解できた。

示談のための唯一の、そして絶対の条件――黒野葉月には近づかないというその条件を、彼は呑めないと突っぱねたのだ。

そんな、どうして、と、言葉に出かけたのをかろうじて呑み込む。

相手の条件を呑んで示談することが、裁判を免れる唯一の道と言ってもいい。こんなチャンスは望んで手に入るものではないのに。

みっともなくうろたえているのを悟られないよう、必死で平静を装い、頭をフル回転させて説得の言葉を探した。

「反省している、悪いことをしたと思っているなら、もう会わないと言えるんじゃないですか。また同じことをするかもしれないということでは、反省しているとは言えない……反省しているとしても、伝わりませんよ」

皆瀬は黙っている。

「次同じことをしたら、たとえ今回執行猶予がついても、また逮捕されますよ。今度は刑務所行きになりますよ」

脅(おど)すようなことは言いたくなかったが、事実だった。なだめる口調に、深刻な色を混ぜる。

せっかく示談の話を取り付けたのに、という気持ちもあった。しかしそれ以上に、皆瀬を心配する気持ちも本物だ。

被疑者のほうから示談を蹴るなんて、聞いたこともなかった。

これが刑の判断に、良い影響を及ぼすわけがない。

「二人きりで密室で会うとか、性的な行為をすることは、控えます。そういう意味では、同じことを繰り返したりはしません。問題になるのは、会うことではなくて、未成年の彼女と性的な関係になることですよね」

「それはそうですが」

黒野葉月の両親は怒るだろうが、確かに、会うこと自体が罪になるわけではない。今後犯罪を構成するような行為をしなければ、皆瀬が彼女と交流を持ち続けることは、法律上問題ないはずだった。しかしそれはあくまで、今後の話だ。

この示談が成立しなければ、今回の一件については、皆瀬はあくまで、犯罪者として処罰されることになる。さんざん説明されてわかっているはずなのに、皆瀬は木村をまっすぐに見て、きっぱりとした口調で言った。

「今後一切、彼女と接触しないということは、約束できません」

彼が、割り切れない気持ちと保身との間で揺れているのなら、まだ、説得のしようもあった。しかし、言い切った言葉には迷いがなかった。

それで木村は、どんな説得も無駄なのだと知った。

もしかして、と、木村は初めて、皆瀬の内心に思いを馳せる。

（黒野葉月を、本気で好きだったのか？）

皆瀬自身が主張しなかったこともあって、その可能性については、これまで考えていなかった。

（もう会わないと約束すれば、不起訴になるかもしれないのに——それでも会わないとは言えないくらい、今でも本気で好きなのか？）

つきあっていたのかと訊いたとき、皆瀬は明確には答えなかったし、弟の櫂人も、交際している風には見えなかったと言っていた。だから、真剣な関係ではなかったのだろうと思っていた。

けれどそれだけ真剣な思いがあるなら、もはや「家庭教師と生徒という上下関係に乗じての犯行」とは言えないのではないか——そんなセンチメンタルな考えが頭をよぎって、慌てて打ち消す。

この事件において重要なのは、皆瀬の感情ではなかった。

法律で、人の内面までは測れない。

それに、彼の中に真剣な思いがあっても、成人の家庭教師と未成年の生徒である以上、犯罪の構成要件は満たしてしまう。それは木村自身が、皆瀬や櫂人に繰り返し説明したことだった。

彼がどんなに彼女を想っていて、彼女も彼を想っていたとしても――彼が、犯罪者として裁かれるべき人間ではなかったとしても、彼が犯罪者として裁かれないためには、示談する以外の方法はないのだ。その唯一のチャンスを、唯一だとわかった上で、皆瀬は手放そうとしている。

それは彼の、覚悟だった。

これから先の、彼女との関係を断ち切られないために、今回有罪になって罰を受けてもいいと思っているのだ。

「すみません。せっかく、色々動いていただいたのに」

皆瀬が頭を下げる。

そう言われてしまえば、もう、それ以上押せなかった。

裁かれるのは彼の罪で、かかっているのは彼の人生だ。

裁判になっても、前科がついても、二度と会えないよりいいと、彼が覚悟を決めているなら――ほかでもない彼自身がそう望むなら、本人の意に添わない弁護活動をするわけにはいかない。

わかりましたと言うしかなかった。

「……よく考えてください。皆瀬さんの気持ちが変わらないなら、私は先方にそう伝えめったにないチャンスだと思います。でも、刑を軽くするためには、示談するのが一番です。これは、めったにないチャンスだと思います」

わかっています、と、皆瀬は静かに答える。

木村は小さく息を吐いて立ち上がった。

「また来ます。すぐに答えを出さなくてもいいですから、ゆっくり考えてみてください。先方への回答は、保留にしておきますから」

そう言いながらも、皆瀬の考えが変わらないだろうことはわかっている。

木村の表情から、それを感じ取ったらしい皆瀬は、申し訳なさそうに少し笑った。

＊　＊　＊

警察署を出て事務所へ戻ると、受付の前のソファに制服姿の少女が座っていた。

紺のセーラー服と白いスカーフ。この年頃の少女が法律事務所を訪ねてくるのは珍しいので、何だろうと思って見ていたら、ちょうど彼女の対応をしていたらしい事務員が木村に気づいたらしく、木村がソファのところへ行く前に近づいてきて教えてくれた。

「木村先生にお客様です。皆瀬理人の弁護人に会いたいとおっしゃって」

その声を拾ったのか、少女がこちらを向いて目線が合う。

その瞬間にはっとした。

見覚えがある顔だった。しかし、写真から受けた印象とは違っていた。

黒野葉月、本人だ。

肩までの真っ黒な髪を揺らして立ち上がり、少女はこちらへ向かって歩いてくる。

木村の前で止まり、

「あなたが、あの人の弁護人？」

落ち着いた声音でそう尋ねた。

写真を見たときは、特別魅力的とも思えない、ただの子どもだと思った。しかし、実物は何か、独特の雰囲気がある。切れ長の目には強い力があり、睨（にら）まれているわけでもないのに緊張した。

「はい。弁護士の木村です。黒野、葉月さんですね」

葉月は木村の確認に頷いて、白いラインの入ったセーラー服の襟（えり）を指で整えるような仕草をする。

そうして目は自分の左肩へ向けたまま、むすりと唇（くちびる）を尖らせ、不満げに言った。

「今日、警察署に行ってきたんだけど、面会できなかった。父から、娘が行っても面会させるなって言われてたみたい」

「……そう」

今回の事件の被害者であり、実質的には共犯者ともいえる彼女が、何の目的で突然ここへ現れたのか。皆瀬の教え子であり、おそらくは恋愛関係にあったと思われる彼女が今、皆瀬の逮捕をどう思っているのか。

もっと直截に言えば、彼女は今、敵なのか味方なのか。

距離感をつかめないまま、木村は慎重に探るように言葉を選ぶ。

「ここへ来ること、ご両親には？」

「もちろん内緒」

こともなげにそう言って、葉月は感情の読めない声で続ける。

「警察は誤解してる」

「何が誤解？」

「全部」

彼女がようやくこちらを見て、さきほどより近い距離で目が合った。

「私とセックスしたと思われてつかまったんでしょ」

厳密には違う。性行為そのものまではなくても、類似の行為でも罪になるのだ。木村はそれを説明しかけたが、彼女は理解したのかしていないのか、説明が終わる前に、木村の言葉を遮るようにして言った。

「してない」

「何を？」

「全部」

また同じ答えを返す、葉月の声は落ち着いていて、やはり感情が読み取りにくい。しかし、わずかに苛立っているように見えた。

全部誤解で、全部、していない。

性行為も、類似の行為も、していない？

（どういう意味だ）

葉月の父に行為を目撃されたと、皆瀬自身も認めていたのに。

その言葉の意味を問いただそうと口を開きかけて、困惑した表情の事務員に気づき口を閉じた。事務所の受付前でする話ではない。

話し声を聞きつけたらしい高塚が奥から出てきて、

「第二面談室、空いてるよ」

開け放たれたドアを示した。


面談室に葉月を案内し、改めて名乗った後で、児童福祉法違反という罪について説明した。

木村一人では対応できないのではと心配してくれたのか、それとも、単におもしろそうだと興味をひかれたのか、ちょうど仕事の切れ間だったらしい高塚が同席してくれることになり、今は木村と並んで座り、葉月と向き合っている。

「上下関係なんてないよ。あの人の立場なんて私より下なんだから」

上下関係に乗じて性的関係を持つことが罪を構成するという説明を受けて、葉月が発した言葉がこれだ。

見るからに勝気そうな彼女と、あの優柔不断そうな皆瀬だったら、確かに年齢の差も、家庭教師と生徒であることも関係なく、彼女のほうが優位に立てそうだった。しかし、検察官や裁判所に、そんな主張は通用しない。

「家庭教師と生徒という関係は一般的に、上下関係があるとされるから……恋愛関係になれば、上の立場の人間が、上下関係に乗じて恋愛関係に持ち込んだと推定されるんだ。家庭教師と生徒だったという事実だけで、上下関係の存在は認定されてしまうと思う。葉月さんが、自分たちに上下関係があると感じていなかったとしても」

出来る限り平易な言葉で説明したが、葉月は納得できないようだった。法律を理解できないのではなく、その趣旨に不満がある、ということらしい。

「ひとつひとつの事案を見ないで、家庭教師と生徒だったら全部上下関係に乗じた恋愛関係だって判断されるの？　私自身が、上下関係を理由に口説かれたわけじゃないって証言しても」

葉月は姿勢がよく、目つきがあまりよくない。物怖じせずまっすぐに相手の目を見て話すせいもあり、十五歳の少女とは思えない、妙な威圧感があった。

とっさに何と説明すべきか迷って口ごもっていると、

「相思相愛だったとしても……児童のほうも恋愛感情を持っていたとしても、それこそが、上下関係を利用して植え付けられたものかもしれない」

隣に座った高塚がフォローしてくれる。

「児童はそうと気づいてなくてもね。だから、児童が保護を求めていなくても、法は児童を守り、大人を罰する」

視線を木村から高塚へと移した葉月が、眉間にしわを寄せた。

「その考えは私を馬鹿にしてる」

「児童一般の話だよ」

高塚はさらりとかわしたが、葉月の眉間のしわは寄ったままだ。

児童、とひとくくりに呼ばれることに、彼女は不満があるようだった。

「先生と生徒はセックスしちゃいけないの？　どんなにお互いが好きでも」

「セックスはしたんだね」

急いで口を挟む。女子高生相手にあからさまな言葉を使うのは抵抗があったが、圧されっぱなしではいられないと、体勢を立て直すためだった。

しかし彼女は少しも動じず、表情すら変えず、あっさりと答える。

「してないよ」

「……そういえばさっきも、言ってたっけ。セックスは、していない？」

性交渉の有無――ありていに言えば挿入のあるなしは、犯罪の構成に直接関係しないが、情状には影響するはずだ。生徒と不適切な関係にあり、性的な接触はあったが、最終的な行為にまでは至っていない。起訴するほどのことではないと言える、一つの材料にはできる。

　重要な点なので改めて確認すると、葉月ははっきりと頷いて言った。

「だってあの人、童貞だよ」

　木村は皆瀬に心から同情した。

　この場に彼がいなくて本当によかった。

　教え子の少女への不適切な性的接触を理由に逮捕・勾留されて、しかし実はその少女とはおそらく恋仲で——そしてその少女に、こんな風に、こんな事実をばらされるなんて。自分だったら泣く。

　木村の内心にも皆瀬の名誉にも頓着しない様子で、葉月は平然と続けた。

「私とセックスしたと思われてつかまってるなら、あの人が童貞だって立証できれば無罪になるんじゃないの」

「立証って言ったってなあ……」

　その方法など想像もつかない。

　本人の証言くらいしか思いつかないが、検察官も裁判官も信じないだろう。証拠としての価値が低いとわかっていて、証言台でわざわざ本人に自分は童貞ですと証言させるなんて、もはやただの罰ゲームだ。

「処女かどうかは医学的に証明できるだろうけど……」

「私が処女だなんていつ言ったの」

どちらにしても検査なんて冗談じゃない。そう言って、両腕を胸の前で組んだ葉月はぷいと横を向く。

頭痛がして、木村は思わずこめかみを押さえた。

横で、高塚が苦笑しているのが見える。

扱いにくいというレベルではない。何を考えているのか、何がしたいのか理解できない。どうやら皆瀬を助けたいという思いはあるようだが、それならそれで、恋仲にある男を心配する少女らしく、もうちょっと殊勝な態度を見せたらどうなのか。皆瀬は彼女との関係のために逮捕され、今も留置場で処分を待つ身だというのに――そしてこのままでは、おそらく有罪になってしまいそうだというのに、葉月がそのことに対して罪悪感や不安を感じているようには見えなかった。

（何か……何かもう）

皆瀬が気の毒すぎる。

接見室で初めて皆瀬を見たとき、内心、遊んでいそうだなと先入観を抱いたことを反省した。何としてでも皆瀬を自由の身にしてやりたいと、にわかに弁護人としての情熱が湧きあがる。

視線を感じてふと見ると、高塚がこちらを見ていて、ほら頑張れというように小さく顎を動かした。

よし、と自分を奮い立たせて葉月に向き直る。

「……そもそも、さっきもちょっと言ったけど、性行為がなくても児童福祉法違反にはなるんだよ。性交類似の行為でも罪になるから」

「それもできてない。やりかけたところで父が来たの」

タイミングが良かったのか悪かったのかわからない。

葉月の父親の立場にも皆瀬の立場にも、絶対になりたくない。

二人の成人男性が真っ赤になるか真っ青になるかしている横で、葉月一人が平然としている様子が容易に想像できて、木村はますますげんなりした。せっかく気を取り直したのに、あっというまにくじかれる。

葉月は腕を組んだ姿勢のまま、

「父は何もわかってない。これまで私がどれだけ努力してきたと思ってるの」

唇をへの字に曲げて言った。

「あの人もあの人だけど。女子高生は女子高生だってだけでブランドみたいなものだって、テレビとかネットで聞いたから、私に好かれてるってわかったらもっと喜んですぐ恋人になってくれると思ったのに、未成年はダメだとか生徒はダメだとか、頭の固いことばっかり言って」

常識的な反応だ。

葉月は不満げだが、皆瀬が交際を迫る彼女を押しとどめたという事実は——最終的には流されてしまったとしても——彼に有利な弁護の材料になりうる。木村は急いで面談室のリーガルパッドを引き寄せてメモをとった。

「でも私だって、ただ恋人になってってわがまま言ったわけじゃないよ。あの人が困らないで済むように色々調べたの。児童……福祉法？　っていうのは知らなかったけど、都道府県の条例があって、大人が未成年者とつきあうと犯罪になるかもしれないってことはわかったから。そういうハードルがあるとあの人も踏み出せないと思ったから、ちゃんと合意の上だってわかるように、後で問題にならないように、録音しようって提案したり……」

「……性行為を？」

「そう。ちゃんと録音しておくから大丈夫って言ったのに、ものすごい勢いで拒否された」

当たり前だろう。

木村はもはや言葉もなかったが、葉月は自分の行動が非常識だとは思っていないらしく、ふてくされたような表情でさらに続ける。

「別れた後で未成年側が、無理やりされたって訴えるケースもあるってネットで読んだから、『合意の上でするのであって、後でうだうだ言いません』って誓約書？　合意文書って言うんだったっけ。それを作っておけば安心だろうと思ってわざわざ作ったのに、サインしてくれなかったし」

「………」

作ったのか。

行動的だ。

呆れると同時に感心してしまう。

葉月が鞄からクリアファイルを取り出して、折り跡のあるA4のレポート用紙を机の上に置いた。

「これ。証拠にならない?」

高塚が手元へ引き寄せてざっと目を通し、そのまますっと横へスライドさせるように木村へ渡す。

「日付がないし、皆瀬理人の署名もないから有効な書面ではないね」

視線を葉月へ戻して、高塚が言った。

「こんなものまで作るくらい、君が彼に本気だった、って証拠としては使えるかもしれないけど。決定打じゃない」

署名があったとしても、内容的に有効かどうかは疑わしかったが、そこまで言う必要はないと判断したのだろう。彼の指摘は端的だ。

葉月も予想はしていたらしく、特に失望した風ではなかった。

「気持ちが大きくなればと思って、お酒を飲ませようとしたこともあるけど、ダメだった。あの人見た目より頑固なんだ。できることは何でもしたのに」

本当に、割と何でもしているようだ。

目的に向かって努力する姿勢は評価に値するが、それにしても手段を選ばな過ぎだった。

「ダメだった、って言うけど、逮捕されるような行為をする仲にはなったんだろ。お父さんが目撃してるんだから」

父親が来て中断したと言っていたが、見られて通報される程度の状況にはなっていたということは、そういうことのはずだ。

しかし葉月は首を横に振った。

「私がここまでしてるのに、あの人いつまでも煮え切らないから、最終手段に出たんだ。話があるって部屋に呼んで、ベッドの上に座らせて、隙をみて押し倒したの」

「……積極的だね」

高塚がとってつけたような感想を述べる。

葉月はわずかに眉を寄せて悔しげな表情をし、ぼそりと言った。

「服を脱ぎながら上に乗っかったところで、父が入ってきて。あのまま行けば流されてくれてたかもしれないのに、惜しかった」

本気で言っているらしいのがわかったので、木村は突っ込むのをやめた。

もちろん大騒ぎになり、皆瀬は黒野夫妻に平謝りしてその場を退散したそうだ。葉月は一時間以上説教され、謹慎を言い渡されたが、一日たりとも父の言いつけを守らずに皆瀬に会いに行った。

娘に会うな、と葉月の父親が皆瀬に連絡をしたことも一度や二度ではなかったらしいが、皆瀬がじっとしていても葉月のほうから自宅や大学へ押し掛けたり、帰り道で待ち伏せをしたりするため、何の意味もなかったという。

娘を止めることはできないとわかった父親が最後の手段としてとった行動が、皆瀬を児童福祉法違反で告訴することだったというわけだ。

(それで被害届の提出まで一ヵ月近く期間が空いていたのか……)

ベッドの上で現場を押さえたのなら、その場で通報してもおかしくないのに、何故通報まで時間が空いたのだろうと思っていたのだ。

これでわかったでしょ、と葉月は木村を見て言う。

「あの人と私はセックスしてないし、恋愛関係でもない。……私の、片想いだった」

今のところはだけど、と不本意そうに付け足した。

「私が証言したら、あの人、無罪になる?」

確かに彼女のもたらした情報は、かなり皆瀬に有利なものだ。

被害者自身の口から、皆瀬理人は悪くないと証言してくれれば、裁判官の心証は一気によくなる。

しかし葉月は未成年だ。保護者は証言させることを拒否するだろうし、被害者を法廷に引っ張り出すことに検察も反発するだろうから、法廷に立たせることは難しいかもしれない。こちらで陳述書を作って署名押印をもらっても、後で保護者に怒鳴り込まれるリスクがあるし、脅してサインさせたのではと疑われて証拠としての価値が認められない可能性すらあった。

やはり、裁判の中で証言に頼るより、裁判にしないために証言を活用するべきだ。

「さっきも言ったけど、上下関係があってそれを認識した上で恋愛関係、肉体関係を持ったなら、それだけで犯罪は成立する。君の話が本当なら、肉体関係どころか、性交類似行為があったと言えるかどうかも怪しいけど……目撃者である君のお父さんが被害届を出しているわけだし、裁判官がどちらを信じるかはわからないよ」

裁判になってしまえば、法律上の要件を満たす以上は罪が成立してしまう。裁判官が皆瀬に同情してくれたとしても、それだけで無罪にするわけにはいかないだろう。せいぜいが、罰を軽くするくらいだ。しかし、起訴するかしないかは検事の総合的判断で決まる。上下関係に乗じてなどいない、純然たる恋愛関係だと検察官にわかってもらって、起訴に値しないと判断してもらえれば、裁判にせずに終わらせることもできるはずだった。

葉月は木村の言葉を聞き、意見を求めるように高塚に視線を移した。

高塚は一瞬木村に目を向けた後、

「不適切な行為自体はあったとされても、君のほうがかなり積極的に押していて、彼は流されただけだというところまで裁判官が認定したとしたら、彼はごく軽い罰で済むだろう。そういう意味では、君が証言することには大いに意味がある。でも、軽い罰でも有罪は有罪だ。彼には前科がつく」

木村が考えていたのと同じことを、過不足なく彼女に伝える。

弁護士としてのキャリアの違いが滲み出ているのか、心なしか葉月も、高塚の言葉は素直に受け入れているようだ。木村と高塚の意見が一致していることを確認すると、小さく頷くように顎を引く。

「前科をつけずに終わらせるには、どうしたらいいの」

そこに感情を差し挟まずに訊いてくるあたりが、十五歳とは思えなかった。無駄がない。木村は内心舌を巻いたが、高塚は淡々と答える。

「不起訴にしてもらう。犯罪の要件は満たしていても、これは裁判の場で裁くべき問題じゃないと、検察官にわからせることだね」

「検察官に会いに行って話せばいい？」

「そうすることに意味はあると思う。でもそれで十分だ、とは言えない。考慮してもらえることもあるだろうけど、未成年が熱に浮かされているだけだと思われるかもしれないからね。まして、娘は情緒不安定で話ができる状態じゃないって、両親が捜査協力を拒んでいる状況なら——娘に話を聞くときは親の立会のもとにしてくれと親に言われたら、警察も検察も逆らえないだろうし」

未成年者に話を聞く場合は、警察も検察も保護者の許可を得るのが通常だ。その段階で拒絶されれば、無理に聴取するわけにはいかないだろう。何せ未成年の、それも性犯罪被害者だ。捜査機関も接触には気を遣わざるをえない。

「……未成年が和解とか契約とかをしても、親がいつでもそれを取り消せるって、本で読んだけど。本当？」

少しの沈黙の後、葉月が口を開いた。

「それって、私が何をしても、親がその行動に反対してたら無駄ってことでしょ。たとえば、私があの人と示談して、あの人の処分を望まないって書いてサインしても、親が取り消せる」

「そういうことになるね」

彼女の、形のいい眉がまた寄った。

「クソみたいな法律だね」

吐き捨てるように言う。

少女の中に、年齢にそぐわない烈しさを感じて木村はどきりとしたが、高塚は表情を変えず、

「それで救われる人もいる」

と短く言った。

葉月は同意も反論もせず、三秒間ほどじっと高塚と視線を合わせたままでいた。

それから、

「起訴って、いつまでにされるの」

木村のほうを見て尋ねる。

「ええと、勾留満期は金曜日だけど、延長される可能性が高いから……そうすると、勾留決定時点から最長二十日。一番遅くて、このあたり……あと二週間弱ってところかな」

面談室の卓上カレンダーを引き寄せて、起訴予定日を伝えた。

葉月は頷くと、

「めいっぱい長引かせて」

そう言って立ち上がり、置いていた通学鞄を取り上げる。

彼女の意図を測りかね、え、と間抜けに聞き返して見上げた。

「起訴されるまでになんとかしなきゃいけないんでしょ」

葉月は椅子をきちんとテーブルの中へしまって、つられて腰をあげた木村を見る。

「父と母を、説得してみる」

告訴を取り下げさせる気か。

葉月の目には迷いがなかった。今すぐにでも父親に話をしに行こうと思っているのかもしれない。

告訴の取り下げが有効なのは、起訴されるまでの間だ。起訴されてから両親を説得し、示談しても裁判は止められない。だから今、起訴前に説得するしかないという彼女の考え方は間違っていない。

しかし、そもそも皆瀬が逮捕されたのは、葉月の父が通報したせいだ。娘との交際を止めるためにそこまでした葉月の父が、今さら——もう会わないというような条件もなく——取り下げに同意するとは思えなかった。起訴日を予定より数日先延ばしにすることができたとしても、数日でどうにかできる話ではない。

しかし、もしも黒野夫妻を説得できるとしたら、葉月だけだろう。

そして彼女には、「無理かもしれない」と諦めたり落ち込んだりする気配は全くなかった。

「もう一つ」

さっさと歩き出していた葉月は、ふと思い出したようにドアの前で足を止め振り向いて、

「面会に行きたいんだけど。弁護士さんと一緒だったら会える?」

木村と高塚を順番に見た。

連れていってやりたい気持ちはあったが、それが可能なのかも木村にはわからない。どうしよう、と先輩の顔色をうかがった。高塚は座ったまま、残念だけど、と肩をすくめる。

「ご両親が禁止していると知っていて、俺たちが連れていくのはちょっと問題があるかな」

葉月は意外にも、ごねることもしょげることもせず、「そう」とあっさりと高塚の答えを受け入れる。

「じゃあかわりに聞いて来て」

何を？　と促すように眉をあげた高塚に、表情も変えずに言った。

「いつ私を好きになるのって」

＊　＊　＊

被疑者本人を説得中だが示談は難しそうだと伝えたら、宮下検事は激怒していた。示談の条件については黒野夫妻から聞いているだろうから、皆瀬に行いを改める気がないという意味にとったのだろう。そう思われても無理はない。

それだけ葉月に対して真剣に考えているということだ、となんとか言い訳して――彼女を想うなら離れるべきだと弁護人として説得すべきだと言われたが――、勾留満期日、つまり起訴の最終期限まで本人の説得を続けると伝えて電話を切った。これで、勾留満期を待たずに起訴されるということはないだろう。

葉月が両親を説得して告訴を取り下げさせることができれば一件落着となるのかもしれないが、期待はできない。それに、弁護人である自分が何もせずただ彼女の報告を待つというわけにもいかなかった。

とはいえ今木村にできるのは、皆瀬に有利な情状証拠を集めることと、示談に応じるよう彼を説得することくらいだ。

「……そういうわけで、今は、黒野さんが出してきた示談の条件をお兄さんに呑んでもらえるよう説得している状況です。示談ができないなら、あとはもう、葉月さんがご両親を説得するのに頼るほかなくなります」

皆瀬の自宅を訪ね、櫂人に事情を説明する。家族の陳述書を作るためという目的もあったが、何より、示談に応じるよう櫂人からも兄を説得してほしいという思惑があった。

被害者側から示談の条件提示があったこと、その内容、皆瀬がそれを拒んでいることまで伝えると、櫂人は小さく唸って頭を掻く。せっかくの示談の申し出を蹴った兄に、「何をしているんだ」と呆れているのかと思いきや、そういうわけでもないらしい。しばらく、木村の話を反芻するかのようにぶつぶつ言いながら何やら考えこんでいたが、やがて顔をあげた。

「その、二度と会わないことっていう、示談の条件だけどさ。ただ、会いませんって言えばいいって話じゃないんだろ。約束破ったらどうなるとか、そういうことも決めんじゃねえの。今後会わないなら許してやるけど、もし会ったら一億払えとか」

「一億はないだろうけど、何らかのペナルティが設定されることは多いね」

木村が答えると、櫂人はやっぱり、と顔をしかめる。

「だったらそんな示談、しても意味ないっていうか、自分の首絞めるだけだから、示談できねえって兄貴が言うのはわかる。口約束でいいんなら、はい、会いませんってとりあえず言っときゃいいじゃんって思うけど」

ソファにもたれ、口をとがらせて言った。

「兄貴がおとなしくしてたって、黒野が兄貴に会いに来ないわけねえし。それが黒野の親に見つかったら、結局兄貴が責められるんだろ」

「櫂人くんから見ても、彼女はそんな感じだった?」

「禁止されてても会いに来そうな感じかってこと? 間違いなくそうだな。窓に鉄格子とかはめられてても来そう」

「同じ学校なんだよね」

クラスが違い、仲良くはないと言っていたはずだ。しかしその割に、櫂人は葉月をよく知っているようだった。

「兄貴があいつに勉強教え始めるまでは、全然交流とかなかったんだけど、急に、あいつのほうから俺にも話しかけてくるようになって……それで、何か話すようになった」

「どんな話を?」

「ほぼ兄貴のことだよ。最初は確か、兄貴の好きなもんとか、教えろって言われたんだったと思う。それが全然、教えてくださいって態度じゃなくてさ。教えなくても、しつこく食い下がるわけでもなくて、じゃあ別の方法考えるからいいやみたいな……あ、そう、みたいな感じで。それがまた腹立つっていうか」

目に浮かぶようだ。

木村は、一度だけ顔を合わせた葉月が、最初から最後までにこりともしなかったことを思い出し苦笑した。

櫂人は木村が自分に同調したことを感じとったのか、「そう思うだろ?」というように顔をあげる。

「好きなやつのこと知りたいとか、そういうんだったらもっとこう、恥じらいとか、可愛げっていうかさ。そういうのがあってもいいだろ。けど黒野のは、なんつうか、単なる情報収集、みたいな……おまえほんとに恋する女子高生かよみたいな」

その様子が、容易に想像できた。

目的達成のための手段のひとつとして櫂人に質問をしても、それで欲しかった情報を得られなければ、潔く次のプランへ移る。彼女らしい行動だ。木村は葉月を深く知るわけではないが、それでもそう思った。そこに、恋する相手の家族によく思われたいという乙女心や、自分の想いを知られることへの恥じらいは全く感じられなかっただろう。

「葉月さんのお兄さんへの気持ちは、恋愛感情ではないってこと?」

木村の質問に、それまで憤慨した様子だった櫂人は、毒気を抜かれたように一瞬黙る。

そして、

「いや、……あいつは兄貴のこと、すげえ好きだと思う。顔とかに出ないからわかりにくいけど、子どもとか動物みたいに、一直線で」

少し声のトーンを下げて答えた。

「全力で兄貴を好きになって、兄貴にも俺にも、それを隠さなかった。全速力で走って転んだときのことなんて気にしてないみたいだったし、全速力で走ってる姿を人に見られることにも、走って転ぶときに誰かを巻き込むことにも躊躇がないみたいだった。そんな恋愛の仕方って、普通できねえだろ。普通引くって。おまえはよくても兄貴は迷惑すんだからやめろって言ったけど、やめねえし」

普通は普通はと繰り返す、それはつまり彼女は普通ではなかったということだ。変な女だと、耀人は葉月をそう評し、そこに好意的な感情は感じられなかったけれど――少なくとも彼は、彼女が兄に対して抱いていた想いの純粋さについては、認めているようだった。そしてむしろ、そこには一目置いているようにも感じられた。

その感覚は理解できる。彼女の行動は確かに非常識で、特に皆瀬やその身内にしてみれば迷惑極まりないが、そこまで一途になれることには感心するし、ほんの少しだが、うらやましいような気もした。

彼女のそんな行動が、今回の一件を引き起こした原因なのだが、事件を収束させるためにもまた、彼女の行動力に頼らなければならないのが現状だ。そして今は、それが良いほうに転ぶのを祈るしかない。

「お兄さんは彼女に迫られても一線を越えることは拒否していて、自分の一方的な片想いだったって、葉月さんは言ってたけど」

「兄貴はああ見えて普通に常識もある大人だから、戸惑ってたし、何かいつも困った顔してたし、逃げ腰だった。でも黒野は、全然めげねえんだ。駆け引きとかあるだろ、普通。脈がありそうか見てから告るかどうか決めるとか……そういうの、全然ねえんだ。それは俺も、すげえと思う。迷惑だけど。強いよな、あいつ」

そうだね、と、相槌を打った。

たった一度会っただけの木村でも感じたことだ。

葉月は迷わない。

片想いだと言いながら、彼女の目に悲愴さは感じられず、そこにあったのは揺るがない強い意志だった。目標に向かってひたすら進み、妥協しない。

彼女は確かに普通ではなかった。木村のような立場の人間にさえ、その想いの純粋さと強さに、憧れに似た感情を抱かせるほど。

「あいつはほんとに変な女で、思考のパターンとかも読めねえから、そんな女がなんで兄貴を好きになったんだろうって思って……兄貴のどこがそんなに好きなんだよって、一回訊いたことあんだけど。何そのアホな質問、みたいな目で見られた」

思い出してまた腹が立ったのか、耀人が仏頂面になった。

仲良くないと言っていた割には、それなりに踏み込んだ話もしていたようだ。

拗ねたような口調が微笑ましくて、思わず口元が緩む。

「それで結局答えてもらえなかったんだ?」

半分笑いながらの問いかけに、櫂人は「いや」と言葉を濁（にご）した。

そのときのことを思い出したのだろう、仏頂面を消して、視線を床へ向ける。

「あの人のどこがとかじゃなくて、私はあの人が好きなんだよって、言ってたかな」

迷惑がっていても、当たり前のようにそんなことを言われてしまっては、無下（むげ）にできなくなるというものだろう。

居心地悪そうに口をつぐんでしまった櫂人の顔を覗き込むようにして、木村はもう一つ質問を投げる。

「お兄さんは、彼女のこと、何か言ってた？」

櫂人は目線を下げたまま口を開いた。思い出しながら話しているのだろう、先ほどまでよりゆっくりとした口調だ。

「勉強に関しては、すげえ優秀だったらしくて、家庭教師なんかいらないんじゃないかとか言ってたけど……つきまとわれるようになってからは、あいつは頭がよくて何でもできるんだから、いいかげん自分にばっかり会いに来るのはやめたほうがいいのにって。もうちょっと周りを見たほうがいいのにって言ってた。黒野は聞かなかったみたいだけど」

検察官への報告書に書くつもりで、メモをとる。

葉月も言っていたとおり、皆瀬は彼女を受け入れはしなかったようだ。しかし明確に拒絶したわけでもない。

その気持ちはわからないでもなかった。木村や櫂人でも、彼女のひたむきさにはある意味感動してしまったくらいだ。そのまっすぐな想いを向けられた本人である皆瀬が、彼女をたしなめつつも、はっきりとは拒絶できなかったとしても仕方ない。

未練も何も残らないくらいに、冷たく振ってやったほうが彼女のためにも皆瀬自身のためにもよかったのではないかと思うけれど、今言っても詮無いことだった。

「でも、兄貴は……」

櫂人は、小さな声で呟いてうつむいた。

そして、何かを決意したかのように顔をあげる。

「……兄貴を、示談に応じろって説得するんだろ？」

メモをとる木村の手が止まるのを見計らったかのように言った。

「この後、会いに行くつもりだよ」

「多分、兄貴は示談しないと思う。もう好きにしろって言っておいて」

見放した、という感じではなかった。諦めた上で、受け入れるつもりなのだろう。

櫂人からも、示談に応じるよう兄を説得してもらえないかと思っていたのだが、弁護人としては当てが外れた形になる。

しかし櫂人の気持ちもやはり、わからないでもなかった。

伝えますと約束して、皆瀬家を辞した。

＊　＊　＊

「葉月さんと会いました」

アクリル板の向こうの皆瀬に、報告する。

「すごかったです」

端的な感想に、皆瀬は力なく笑った。

勾留満期まであと三日。つまり、起訴を止めるには、今日明日中に何とかするしかない。

頼れる先輩も今日はいない。接見台の上に両手をのせ、背筋を伸ばして皆瀬と向き合った。

説得は難しいかもしれないが、せめて弁護する対象である皆瀬の、本心を知りたかった。

依頼人は弁護士に真実を話さない。依頼人は嘘をつく。高塚の言うとおりかもしれない。しかしそれには、そうするだけの理由があるはずなのだ。

自分に不利な事情を弁護士に黙っていたり、保身のために嘘をついたりするというのなら、心情として理解できる。しかし皆瀬は、明らかに自分に有利な事情を、弁護士に話さなかった。

彼が何を守ろうとしているのか、それが知りたかった。

「彼女は、自分が一方的にあなたに言い寄っていただけで、あなたたちは恋愛関係にはなかったと言っていました。肉体関係もなかったと……それが事実なら、あなたがここに拘束されているのは明らかに不当です」

確かに、「なかったこと」を立証することは難しい。半裸の少女とベッドの上にいるところを少女の父親に目撃された時点で、もう反論の余地はないと諦めたくなる気持ちもわかる。

それでも、主張自体をしない理由にはならないはずだった。まして、弁護人にその事実を伝えない理由には。

「あなたが弁護人の私にもほとんど何も言わないのは、彼女をかばうためですか」

それならば無用の心配だ。児童福祉法違反で罪に問われるのは成人のほうで、児童はあくまで被害者だ。関係を主導したのが少女のほうだとしても、彼女は何の罪にも問われない。未成年の情報は特に慎重に秘匿されるから、社会的にも、彼女に何か不利益が生じるとも思えなかった。それにおそらく彼女は、そんなことを恐れてはいない。

核心を突く質問をしたつもりだったが、皆瀬は頭に手をやりへらりと笑って言った。

「いや……未成年の女の子に押されまくって流されかけてたなんて情けなくて恥ずかしいし、被害者に責任転嫁すると心証が悪いって聞いてたんで無駄なことはしないでおこうと思って。一緒に遊びに行ったりとか、まあつきあってるって言えなくもない関係ではあったわけですし、そこ否定しても意味ないかなって」

「示談の条件は、やっぱり呑めませんか」

真剣な問いかけにも、すみません、と答えてまた、曖昧に笑う。

木村に本心を明かしてくれる気はなさそうだった。

やはりダメか、とうつむきかけたが、もう少しだけ食い下がろうと自分を叱咤し、視線を皆瀬へ戻す。

「恋愛関係になかったのなら、会わないと約束することを、あなたがためらう理由はないはずなのに、何故ですか。弟さんも、あなたの好きにすればいいと言っていましたが……」

「近づきませんって誓っても、絶対葉月のほうから近づいてくるし。そしたらまた俺が責められるんでしょ？　だから最初から、できない約束はしないってだけですよ」

初回接見で顔を合わせたときから、ルックスはさておき、いかにもお坊ちゃんといった感じの、浅薄で中身のなさそうな男だと思っていた。育ちがよくて善人ではあるのだろうが、優柔不断で軽い。そんな印象だった。皆瀬の返答はどれも、その第一印象を裏切らないものだ。

しかし、それは彼の本心だろうかと、木村は疑い始めていた。

あの葉月が、わき目もふらずに想い続けている相手なのだ。

（事実、育ちがよくて善人で、女子高生に迫られて強く断れない、優柔不断な奴ではあ

るんだろうけど）

　そんな彼が、メリットしかないはずの示談に応じなかったのは。

「保身のために『二度と会わない』と約束したら、彼女が傷つくと思ったからでは？」

　この問いは予測していなかったらしい。皆瀬は一瞬、不意を突かれた顔をした。

　しかしすぐに、その顔にはまた、緊張感のない、腑抜けたような笑みが戻る。

「……そんなかっこいい奴じゃないですよ、俺」

　核心を突いたと思ったが、素の表情が見えたのは一瞬だった。

　木村は息を吐いて、それ以上の追及を諦める。

　本人に示談に応じるつもりがないのなら、これ以上何を言っても仕方がない。

　いくら葉月でも、そう簡単に両親を説得できるとは思えないが、それに賭けるしかなかった。

　裁判になったら、皆瀬が何と言おうと、交際は葉月が主導であったことや、肉体関係がなかったことを主張するつもりだったが、それは皆瀬には伝えないまま、何のメモもとっていないリーガルパッドとペンをしまう。

　起訴されたら保釈請求をする予定であることや、その手続きについて説明だけして、その日の接見は終わった。

「何か、誰かに伝えることはありますか？」

　もしかしたら、次に来るときは起訴後かもしれないと思いながら尋ねると、皆瀬は少

し考え、

「葉月に……」

その名を出して、木村と目が合うと困ったように眉を下げて笑った。

「……誕生日おめでとうって」

伝えますとだけ言って、接見室を出る。

警察署を出てから、そういえば、葉月からの伝言——質問？——を伝え忘れたと気がついた。

しかし、引き返して伝えることまではせず、そのまま事務所へと向かう。あんな抽象的な問いを投げかけたところで、彼が答えられるとも思えなかった。

それに、聞くまでもないことだ。

＊　＊　＊

葉月が事務所にやってきたのは、翌朝のことだった。

時間帯を考えると、学校へ行くふりをして家を出て、その足で来たのだろう。制服姿で、通学鞄を持っていた。

木村が出勤する前だったので、たまたま早く来ていた高塚が対応してくれていたらしい。

事務員に来客を告げられた木村が急いで面談室に入るなり、高塚が「来た来た」と笑顔で迎えてくれた。珍しくテンションが高い、気がする。

彼の隣に腰を下ろし、向かいに座った葉月を見る。彼女のほうは、前回会ったときと変わらず落ち着いた様子だった。こちらが「お待たせしました」と頭を下げると、小さく会釈を返してくれる。

「皆瀬理人に、差し入れてほしいものがあるんだってさ。木村くんこの後行ってきてあげなよ」

間に合ったね、と言って、椅子の背にもたれて背中を伸ばすような動作をしながら、高塚が木村の背中を叩いた。

起訴日のことを言っているのだろう。つまり、葉月は起訴を止められるような何かを持ってきたということか。

まさか両親の説得に成功したのかと高揚する気持ちを抑えて葉月を見たが、彼女に浮かれた様子はない。床に立てて置いていた通学鞄を自分の膝の上にあげ、

「櫂人のところにも寄ってきたの。それで、これ、借りてきたから」

筒状の小さな革のケースを取り出してテーブルに置いた。

続いてA4サイズの封筒を取り出し、中から二つ折りにされた薄い紙を引き出して、それもテーブルの上に広げる。

「これと一緒に、私の代わりに差し入れてきて。それから、二人には、証人になってほ

しいの」

すい、と木村と高塚に向けて紙を滑らせ、腕を伸ばして、A3の用紙の右側、「証人」と書かれた欄を指差した。

「今高塚さんに聞いたんだけど、結婚すれば、未成年でも成人扱いになるんでしょ」

そう言って、木村と目を合わせる。強い目だ。目標に向かって一直線で、全力だと、耀人が評した通りの、迷いのない目。

「あの人が署名してくれたら、すぐ出してくる。それで、検察官にも証言する。あの人は悪くないって」

革のケースを開くと、中には、「皆瀬」と刻まれた印鑑が入っていた。

木村はゆっくりとそれをケースに戻し、広げられた用紙の上部、茶色のインクで印刷された文字を確認する。

婚姻届。

十六歳になった葉月だけが使える、一発逆転の切り札だった。

＊　＊　＊

「参ったよ、婚姻届とはね」

執務スペースへ戻って検察庁へ面談予約の電話を入れている木村の横で、高塚が笑いながら言った。

「彼女にアドバイスしたんですか？」

木村が電話を切って振り返ると、彼はいや、と首を横に振る。

「結婚するっていうのは彼女のアイディアだよ。俺も驚いた。結婚すれば十六歳でも成人扱いされるなんてことは知らなかったみたいだけどね」

真剣交際を主張しても、裁判所には認められにくいと、彼女に言ったのは自分たちだ。それならば、結婚することで、交際が真剣だったと示すことができるのではないかと、彼女は単純にそう思ったのだろう。その発想は間違いではないが、そこで迷わず実行してしまうのがすごい。

「暴走の結果がホームランだね。まさに逆転勝利だ。やったね木村くん、これから検察官に証拠突きつけに行くんだろ？」

「勝利っていうか……でもこれ俺が勝ったわけじゃないですよね」

苦笑しながらそう返すと、

「そうだね。彼女の勝利だ」

高塚は笑いをおさめ、婚姻届を手にとった。

「妻になる人」の欄にはきちんとした字で、黒野葉月と署名されている。

確かに、これは、彼女の勝利だ。

意図することなく彼女が引き起こし、明確な意思をもって彼女が終わらせた事件だった。

　提出済の婚姻届のコピーと、葉月の自筆の嘆願書（入籍後に作成したもので、つまり、両親により取り消されるおそれはない）を木村が持参すると、宮下検事は唖然としていたが、数時間後、上席の検事とも相談し、不起訴にしたと連絡をくれた。

　皆瀬はその日のうちに釈放されることが決まった。

　手続きに時間がかかり、夜になってしまったが、葉月が警察署で待つというので、木村もつきあうことにする。

　検事からの、今夜釈放予定であるとの知らせを葉月に伝えたのは木村だ。釈放が決まったら教えてほしいと、強く言われていた。

　制服のまま警察署に現れた葉月は、木村に小さく会釈し、黙ってロビーのソファに腰かける。

　入籍したばかりの相手の釈放を待ちながら何も思わないはずがないのに、その横顔からは、やはり、感情を読み取ることはできなかった。

　彼女はもう、黒野葉月ではない。

　皆瀬葉月だった。

　木村は、事務所の面談室で、真剣な顔で婚姻届を差し出した葉月を思い出す。

　結婚することは、皆瀬と葉月が真剣に交際していたことを示す何よりの証拠になり、そして、葉月が結婚することで法律上成人と扱われるようになれば、彼女単独での法律行為も可能になる。不起訴にするためには、おそらく、結婚したという事実だけで十分だろうが、それに加えて、葉月が、性交渉がなかったことや皆瀬の処罰を求めない意向を明言すれば確実だった。

皆瀬の弁護人として、葉月の提案を受け入れない理由はなかった。

葉月からの要請を受け、木村と高塚は、婚姻届証人の欄に署名した。法律上の責任は負わない、名前だけの証人だ。

事務所に持ち込まれた時点で、夫となる者の記載する欄と、証人の署名欄以外は、すべて埋めてあった。

未成年の婚姻届提出には両親の同意が必要だが、「その他」の欄にそれらしい記載と押印もちゃんとある。説得すると言ったのは示談ではなく結婚への同意のことだったのかと驚いたが、どちらにしても、あの父親をよく説き伏せたものだと感心した。

「これ、ご両親の直筆？」

ふと気になって確認する。

葉月は無言だった。

ばつが悪そうにするでもなく、ただ、無言だ。答えないまま、促すように木村を見ている。

それは聞かないほうがいいんじゃない？　と言っているようだった。

確かにそうだ。

目的に向かって一直線で周囲のことは気にもとめない——と思っていたが、彼女は思っていた以上に思慮深い少女であるようだ。

高塚が先にペンをとり、二つある証人欄の一つに署名した。そのまま用紙を横へ滑らせ、ペンを木村に渡す。

木村が署名を終えるのを待って、葉月は、「仮の話だけど」と口を開いた。

「親の署名を偽造して婚姻届を出した結婚は、無効？」

「……いや、有効だ。後から裁判を起こして、取消をしない限りはね」

はっとした木村が答えられずにいるうちに、高塚が答えを返す。

しかし、他人の署名を偽造するのは、違法行為だ。

木村は思わず高塚を見た。

皆瀬を釈放させるために、未成年者に犯罪行為をするようそそのかすわけにはいかない。

高塚は木村に小さく頷いてみせてから葉月に視線を戻し、

「文書の偽造は犯罪になるよ」

彼女を見据えて、静かな声で言った。

葉月はわかっているというように頷く。

「私はそうなってもいい。でも、父は私を犯罪者にしてまで、取消の裁判はしないと思う」

「わからないよ」

「わからない。でもいいよ。あの人だって、犯罪者になるとこだった」

相当の覚悟であるはずだが、葉月に悲壮感はない。これだけのリスクを、彼女は、当然のことと思っているようだった。それが、全力で――すべてをかけて、人を好きになるということなのかもしれなかった。

高塚はそうか、とだけ言って口をつぐんだ。

「私は警察署の外で待ってる。あの人が署名したら、渡して。出してくる。でもその前にコピーをとって。それで検察官に渡して、結婚した証拠だって」

葉月は婚姻届を二つに折って封筒にしまい、封筒ごと木村に手渡して言う。

「父と母には、これを出してきた後で話す。もし検察官から電話がかかってきたら、結婚を認めたって言ってほしいってお願いするから」

それはもはやお願いではなく、自分の将来をかけた脅迫に近い。

親としては、勘当するか、そうでなければ、認めるしかなかった。両親の気持ちを考えれば、葉月の行動は決して誉められたものではないが、彼女自身もそれはわかった上で「選んだ」のだろうとわかるから、木村には何も言えない。

両親との関係は、葉月の問題だ。

木村は皆瀬の弁護人として、彼に有利な証拠を検察官に提出するだけだ。

「それから、あの人が出て来られることになったら、一番に教えて。私が迎えに行かなくちゃ」

「わかった。……確かに、預かったよ」

受け取った封筒を両手で捧げ持ち、その軽い紙切れの重みを噛みしめる。

葉月がじっと自分を見ているのに気づいて、顔をあげた。

「皆瀬さんが、君に、誕生日おめでとうって。伝えてくれって」

思い出して告げる。

葉月は少し、本当に少しだけ、目と口元を緩め、笑ったようだった。


そうして、婚姻届のすべての欄が埋められ、今、皆瀬葉月となった彼女は木村とともに、警察署のロビーで「夫」の釈放を待っている。

結論として、葉月の両親は、葉月の熱意に折れ――というより、強硬手段に膝を屈し、結婚を追認した。

そして皆瀬も、「拒否しても、勝手に名前書いて出しちゃうから」という葉月からの伝言を木村に聞かされ、自分の手で署名をした。自分が署名してもしなくても結婚が成立してしまうなら、それならせめて、葉月に罪を重ねさせないようにと思ったのだろう。半ば諦めたような顔で、葉月が櫂人に頼んで借りてきたという印鑑を押していた。

自分が協力してもしなくてもどのみち入籍は避けられないとはいえ、普通はそう簡単に割り切れるものではない。

そこで自分の人生を左右する書類にあっさり署名するあたり、さすが、葉月を理解していると言えた。抵抗しても無駄だと、わかっているのだ。

結果的に皆瀬は不起訴となったが、結局、弁護人として自分は役に立たなかった。葉月に言われるまま動くだけで何もできなかったな、と情けなく思いながら、背筋を伸ばして座った葉月の毅然（きぜん）とした顔を盗み見る。

ふと目を反対方向にやったとき、ちょうど、署の奥の階段を、皆瀬が下りてくるのが見えた。

葉月も木村と同じタイミングでそれに気づいたらしい。

すっとベンチから立ち上がると、木村のほうを向いて、

「ありがとう」

と言った。

完全な不意打ちだった。

嬉しさより驚きが先に来て、言葉を返せずにいるうちに、葉月はもう皆瀬のほうを向いている。

幻聴（げんちょう）か、それとも聞き間違いか、などと思っているうちに、皆瀬もこちらに気づいたらしく、数メートル先で立ち止まって木村に頭を下げた。

慌てて木村も会釈を返す。

意外にも、葉月は、皆瀬に駆け寄ることはせず、彼が近づいてきて、木村に挨拶を済ませるまでおとなしく待っていた。

お世話になりました、いや、誤解が解けてよかったですね、と、半ばお決まりのような弁護人と元被疑者とのやりとりが一段落ついてからようやく、

「先生。久しぶり」

木村に対するのと同じ、落ち着いた口調で新婚の夫である彼に声をかける。

自分たちの前では「あの人」と呼んでいた皆瀬を、本人に対しては彼女が先生と呼んでいることを、木村は初めて知った。

皆瀬は少し気まずそうに、頬(ほお)をかきながら答える。

「……よお」

木村は無意識に、一歩後ろへ下がっていた。邪魔をしないように、と思ったのだ。

そのときになって初めて、よくわからないままに、嬉しさがこみあげてくる。自分は駆け出しの弁護士で、弁護活動も、誰でもできるようなお使いやメッセンジャー役を務めただけだったかもしれないけれど――それでも、これは間違いなくハッピーエンドだ。この幸せなシーンを導く助けになれたのなら、上々だった。

二人の再会に立ち会えたことが、それだけで、誇らしいことであるような気がした。

葉月は頭一つ高いところにある皆瀬の顔を下から覗き込むようにしながら、真剣な顔で尋ねる。

「ねえ、もうそろそろ、私のこと好きになった？」

皆瀬は苦笑した。

その反応に葉月は不満そうだ。

しかし、木村は知っている。彼は一度も、誰に対しても、この事件を葉月のせいにはしなかった。

今後彼女に近づかないとは誓えないと言ったとき、彼の目は真剣だった。

手帳もカレンダーもない警察署の留置場で、誕生日を覚えているような相手が、ただの教え子であるわけがなかった。

一番近くで彼を見ている弟の、耀人もきっと気づいていた。

皆瀬家の居間で向かい合って、彼が呟いた言葉を思い出す。

皆瀬は、一直線に向けられる葉月の想いに、驚き、戸惑い、振り回されてはいたけれど、

「でも、兄貴は……」

兄貴は一度も、嫌だと言ったことはなかったよ、と。

石田克志は暁に怯えない

夢より大事なものができたと言って、ロースクールを辞めていった友人がいた。

自分などより、よほど優秀な男だった。

努力家で、責任感が強くて、皆から好かれていた。

石田克志（いしだかつし）というそのクラスメイトが、家庭の事情でロースクールを中退することになったと聞いたとき、彼はきっといい弁護士になるのに、と、自分のことのように悔しく思ったのを覚えている。

石田自身は、また余裕ができたら通えるようになるかもしれないし、独学で勉強は続けるつもりだと笑っていた。

あれは確か、四年ほど前のことだ。

そして今、木村と石田は、留置場の接見室で、向かいあって座っている。

（こんな顔だったっけ）

ぼんやりと思った。

アクリル板の向こう側にいるのが、知らない人間のような気がした。

しかし最後に笑った顔は、やはり、木村のよく知る彼だった。

＊　＊　＊

石田が警察につかまったと、電話をかけてきたのは彼の妻だった。

二年ほど前、木村が司法試験に合格したお祝いを石田がしてくれたことがあって、彼女とはそのときに一度だけ会っている。すっきりとしたショートカットのはつらつとした女性で、赤ん坊を抱えていた。目指していた司法の道からは離れても、石田が幸せそうにしていたので、安心したのを覚えている。

電話口で名乗られても、すぐに誰かはわからなかったが、石田克志の妻だと言われて思い出した。そして、何やら深刻な事態らしいと察した。二年前に一度会ったきりの自分に連絡をしてくるということは、緊急に弁護士を頼らざるをえない状況にあるということだ。

動揺している様子の彼女を宥めながら聞いてみると、石田は数時間前に住居侵入で逮捕され、警察署で取り調べを受けているという。

警察署から連絡が来たが、どうしたらいいのかわからない、弁護士の知り合いは木村しかおらず、迷惑を承知で電話をしたと話す彼女を落ち着かせ、警察署で落ち合おうと伝えて電話を切った。

ちょうど、サポートについていた大きな仕事が一段落して、主任弁護士である先輩の高塚と、飲みに行こうかという話をしていたところだった。高塚に断りを入れて事務所を出る。

木村が警察署に駆けつけると、石田と、石田の妻が、取り調べを担当したらしい警察官に頭を下げているところだった。

木村が何かするまでもなく、釈放されたらしい。

石田より先に石田の妻がこちらに気づいて、あっ、という顔をする。

「木村さん！　すみません、石田の妻の奈々緒です。さっきは急にお電話して……」

夫を置いてあたふたと駆け寄ってきて、勢いよく頭を下げた。

「すみません、あの、身元引受は、私一人でもよかったみたいで……今日はもう帰っていいそうです。お呼びたてして、あの、わざわざ来ていただいて……ごめんなさい、私、びっくりして」

恐縮しきりといった風で、謝罪を繰り返す。

頭を下げる彼女の肩ごしに、石田の口が、「木村？」と動くのが見えた。彼自身は、妻が木村に連絡したことを知らされていなかったようだ。木村が小さく片手を挙げてみせると、それで事態を察したらしく、首を傾けて苦笑する。

石田本人は落ち着いているようだったので、木村はまずは慌てた様子の奈々緒に向き直った。

「いえ、ちょうど仕事が一段落ついたところだったので……それより、釈放ということは、誤解が解けたんですか？」

「また話を聞くために後日呼ぶかもしれないけど、今日のところはと……最初は物取り目的じゃないかと疑われてつかまったらしいんですけど、お酒も入っていたし、名前や住所を確認できたので、一旦帰っていいって、言ってもらえました。逮捕されたってわけじゃなかったみたいです。すみません、本当に、お騒がせして」

逮捕ではなく、とりあえずの事情聴取のため警察署へ連れて来られただけ、ということのようだ。

「それはよかったです。身柄を拘束しなければいけないような人じゃないと、わかってもらえたってことですよ」

木村が言うと、奈々緒はますます深く頭を下げる。

住居侵入の法定刑は三年以下の懲役または十万円以下の罰金で、木村の中ではどちらかというと「大したことのない犯罪」という認識だったのだが、事務所を出る前に高塚に話をしたところ、逮捕後勾留されるケースも珍しくないと言われ、心配していたのだ。住居侵入は、ほかの犯罪――窃盗とか、わいせつ行為とか――の手段として行われることが多く、被疑者を釈放してしまうと、住居侵入だけでなくその後に続く予定だった犯罪についても見逃すことになってしまうので、身柄を拘束してしっかり取り調べる必要があるためらしい。高塚は、酔っ払って自分の家と間違えた、みたいな場合は別だけどね、とも言っていた。石田は、まさにそのケースだったということだろう。

奈々緒をその場に残して、警察官と一緒にいる石田のところまで行くと、石田は「奈々緒が呼んだのか。悪かったな」と申し訳なさそうに眉を下げる。奈々緒は酒が入っていたと言っていたが、さほど酔っているようには見えなかった。泥酔状態でよその家に迷い込んだ、というわけでもなさそうだ。

気にするなと石田に言い置いて、警察官へと向き直った。

「石田克志の弁護人です。被害者の方に謝罪したいので、連絡先を教えていただけませんか」

スーツの襟に留めた弁護士バッジを見せて尋ねる。

自分で侵入したのだから、石田に訊けば被害者宅の住所はわかるだろうが、いきなり訪ねて行くわけにもいかない。こうしてすぐに帰っていいと言われたということは、彼が悪さをするために侵入したわけではないと警察もわかってくれたということで、今の時点でも起訴までされる可能性はそう高くないが、被害者に謝罪しわかってもらって、刑事処罰を望まないと言ってもらえれば、まず間違いなく不起訴になる。場合によっては送検自体しないでもらえるかもしれない。

警察官は、愛想よく「そうしていただけると助かります」と言った。

軽微な事件でも、被害者の処罰感情が強いと送検しないわけにいかなくなるから、警察も穏便に済ませてほしいと思っているのかもしれない。

「被害者の連絡先は、石田さんが知っていると思いますが……こちらからお伝えするということでしたら、念のため、被害者の方に、弁護士さんに電話番号を伝えていいか確認してからでいいですか。明日警察からまた電話をするので」

おそらく事件にはならないと思いますし、仲直りだけしてもらえればね、と、石田のほうを見ながら付け足す。

その言葉と視線の意味がわからず、はい？　と訊き返した。

（連絡先を知ってる？　仲直り？）

もしや知人の家だったのか、と思い当たる。

石田は何も言わず、目を逸らしている。

「二丁目にあるお宅なんですけどね……」

警察官に「被害者」の名前を告げられ、木村は、石田がすぐに釈放された理由を知った。

＊　＊　＊

「へー、じゃあ、その友達、自分の実家に侵入して通報されたわけ」

訴訟記録をめくっていた手を止めて、高塚が顔をあげた。

刑事弁護は割に合わないなどと言って国選弁護人の名簿に登録すらしていない彼だ

が、石田の話には興味を惹かれたらしい。

　木村は資料の束の中から確認が必要なページを見つけて付箋を貼る作業をしながら、ええまあ、と答える。

「実家っていうか……子どもの頃に両親が離婚して、父親とはもう十五年以上会ってなかったそうですけどね」

　母子家庭で、母親は自分を育てるために苦労をしたから、弁護士になって楽をさせてやりたいと、いつか石田が話していたのを覚えている。離婚前の家はかなり裕福だったらしいが、あまりいい思い出はなさそうだった。父親には、暴力をふるわれることもあったようだ。彼はあまり父親のことを話さなかったが、自分に子どもができたら、絶対手をあげない、何があっても守ってやるのだと、真剣な目で言っていた。

　そしてその言葉通り彼は、子どもと妻を守り養うために、ロースクールを辞めてゴミの収集作業員として働き出した。

　――それから四年、まさか警察署で会うことになるとは思わなかったが。

「家政婦さんが侵入に気づいて、驚いて通報したらしいです。で、警察が来て、連行されて、話を聞いてみたら家の所有者の息子だったと……」

「まあ、事情を知らなければ強盗か何かだと思うよね」

　石田は背が高く、初対面だと威圧的に感じるところがあるから、家政婦が見た瞬間にパニックになって通報してしまったとしても無理はない。

「石田はお父さんに会いに行ってケンカになって、出て行けって怒鳴られて……一度は出て行きかけたけど、また引き返して家に入ったところで、家政婦さんに見つかったみたいです」

「は？　何それ」

高塚が眉を寄せた。

「じゃあ通報自体が勘違いみたいなもんじゃない。そんなんでわざわざ警察署まで連れて行かれて、取り調べまで受けることになる？」

「そうなんですけど、お父さんが……被害者が、すぐにフォローしてくれなかったみたいで。後で警察が知り合いですかって確認して、親子関係がわかったらしくて」

長く会っていなかったとはいえ、実の息子が警察に連れて行かれたというのに、助けようともしないというあたりに、関係の悪さがうかがえる。

「その友達本人も、何で黙って連行されてんの。警察が来た時点で、誤解です息子ですって、自分で言えばよかったのに」

「……そうですね」

言いたくなかったのかもしれない。その気持ちは少しわかった。

石田の母親は、元夫から養育費も含め一切の援助を受けることなく石田を育てたと聞いている。石田自身も父親とはほぼ縁が切れた状態だったはずだ。そして石田はおそらく、母や自分に辛く当たった父親を恨(うら)んでいた。

親子ですと一言説明すれば済むものを、そうしようとしない父親に、自分から助けを求めるようなことはしたくなかったのだろう。

そんな関係の父親に、そもそも何故会いに行ったのかが謎だ。

「石田武徳(たけのり)って、S商事の元社長でしょ。今も取締役の一人みたいだし、あ、系列会社の役員も兼任してるんだ。総資産額とか相当だよきっと」

「検索したんですか……」

「離婚するときちゃんとしとけば、子ども育てるのに苦労なんてしなかっただろうにねえ。俺を代理人にしとけば、慰謝料も財産分与もがっつりとってあげたのにさ」

高塚のパソコンの画面に表示された石田武徳のプロフィールには、輝かしい経歴や肩書がいくつも並んでいる。

確かに高塚が代理人についていたら、石田の母は離婚に際して十分な補償を受けられただろうが、石田の両親が離婚したのは十五年以上前のことだ。今さら言っても仕方がない。大体その頃はまだ、高塚は弁護士にはなっていなかったはずだ。

高塚はマウスから手を放し、肘(ひじ)をついて画面を眺めながら目を眇(すが)める。

「一度出て行ってから、また、今度は居住者の許可を得ずに勝手に入ったわけだから……住居侵入の要件自体は満たすわけか。微妙なとこだね。でもまあ、いくら折り合いが悪くたって、親族間なら事件化されないでしょ。外聞のこと考えたら、石田武徳だって大事にはしたくないだろうし」

そうですね、と応えたとき、木村のポケットで携帯電話が震えた。

石田からメールが届いていた。

＊　＊　＊

学生時代によく一緒に行った、高田馬場の安い居酒屋で待ち合わせ、ビールとつまみを注文する。

店員がテーブルを離れると、石田はまず、昨日は悪かったな、と言った。

「わざわざ来てもらったのに、ろくに話せなかったからさ。詫びも兼ねて、改めて。……久しぶり」

変わっていない、と安心する。

ロースクールでも仲間の誰より責任感が強く、皆に一目置かれていた彼が住居侵入なんて、酔っていたとしても信じられないと思っていた。窃盗目的という点については誤解だったとわかったが、それでも、石田が自分の知っていた彼とは変わってしまったのではないかと、本当は少し不安だった。

しかし、「一年ぶりか」と笑う顔は、木村の知っているとおりの石田だ。

こうして彼のほうから場を設けてくれたのだから、昨夜の話も聞けるだろう。

そろいのエプロンをつけた若い店員や手書きのメニュー、店内の懐かしい空気に、学生時代に戻ったような気分になる。

　ビールが来たので、グラスを軽くぶつけて乾杯をした。

「びっくりさせたな」

「ほんとだよ。すぐ誤解が解けてよかったけど……あんまり奥さんに心配かけんなよ」

「反省してる。まさか奈々緒がおまえに電話するとは思わなかった。警察につかまった、イコール弁護士がいる、って思ったんだろうな。おまえが修習生になったときもらった名刺、まだとってあったのを思い出して、引っ張り出してきたらしい」

　こうして見るとすっかり弁護士って感じだな、などと笑われて、「事務所じゃ一番下っぱだけど」と肩をすくめた。

　石田は冬だというのによく日に焼けていて、笑うと見える歯だけが白い。痩せて見えるが、袖をまくると腕に筋肉がついているのがわかった。

　ロースクールにいた頃から石田は大人っぽかったが、たくましさが増したようだ。妻子を養うという責任感がそうさせたのだろうか。それに比べると、弁護士と呼ばれても、スーツを着ていても、自分ばかりが成長していないような気がしてくる。

「そういえば、お母さんは元気なのか？　今回のこと、心配してるんじゃ」

「亡くなったんだ。もう二年になるかな。昔から心臓が悪くてさ」

　ビールのグラスを持ち上げ、口をつける前に顎の下で止めて、石田は目を細めた。

「でも、入院するまでずっと同居して、孫の顔も見せてあげられたし、ちょっとは親孝行できたよ。してもらったことに比べたら全然足りねえけど。多分あれは、母さんが俺に、親孝行させてくれたんだな」

「そうか……」

きちんと見送ることができたらしく、母親のことを話しても、石田は暗い表情にはならなかった。

二年前といえば、司法試験の合格祝いをしてもらった頃だ。あの後亡くなったのだろう。石田が母親を、どれだけ大事にしていたか知っている。それは木村には想像もできないような大きな喪失だっただろうが、せめて彼に、新しい家族が増えて、支えてくれる人がいてよかったと思った。

しんみりとしかけた空気を打ち消すように、わざと明るい声で話題を変える。

「子ども、大きくなっただろ。写真ないの写真」

「あるよ」

石田は携帯電話を取り出して、待ち受けの画像を見せてくれた。

青いパジャマ姿で母親の膝の上に座り、木製の立体パズルを両手に持って笑っている男の子が写っている。

「前に見たときはまだ赤ちゃんだったのに、二年で全然違うなあ！　石田と奥さん、どっちにも似てるな」

利発そうな顔立ちだ。母子そろって見るからに幸せそうな笑顔で、大事に育てられているらしいことがわかる。

立体パズルもこの年齢の子ども用にしては知的な玩具だが、写真には英語の絵本も写っていた。石田の子どもはまだ三歳だったはずだが、石田夫妻はなかなかに教育熱心なようだ。

木村がそれを指摘すると、石田は笑って首を振る。

「俺は特にそういうわけでもないんだけど、奈々緒がそういうの好きでさ。あいつ教員免許持ってて、今から色々集めてるんだよ、幼児教育とか……小学校の教材もどんなのがいいとかって」

「へえ、石田すっかりパパだなあ」

夢がかなったんだな、と言いかけてやめた。

わざわざ口に出すのも気恥ずかしかったのだ。しかし、そのニュアンスを感じとったらしい石田は、照れくさそうに少し笑った。

四年前、石田がロースクールを辞めると聞いたとき、木村はショックを受けた。弁護士になる夢を諦めることになったはずの石田が、清々しい顔をしているのが理解できなくて問い詰めた。なんでだよ、それでいいのかよ、弁護士になるのが夢だったんだろ。今思えばずいぶん青臭い言葉を並べたものだ。

石田は誰よりもいい弁護士になるだろうと思っていたし、彼が苦労してきたのも知っていたから、その夢が断たれてしまうことが悔しかったのだ。

けれど石田には、ほんの少しの迷いもなかった。

子どもができたんだ、と答えたときの石田の嬉しそうな顔を、今もはっきり覚えている。

子どもを育てるためにロースクールを辞めて働くことは、彼にとって、妥協でも挫折でもなかったのだ。

そのとき石田を、本当にかっこいい男だと思った。

四年が経った今、その選択を彼が後悔していないことが、嬉しかった。

ロースクール時代の思い出話や、当時のクラスメイトたちの近況などを語りあって、あっというまに時間が過ぎる。

昨夜の事件についてはあまり触れないまま、一時間ほどが経ったが、
二杯目のビールが半分ほどに減ったころ、ちょうど話の切れ目で短い沈黙が下りたとき、石田が不意に口を開いた。

「本当はさ」

「誤解じゃないんだ。住居侵入」

「え?」

一瞬、何を言われたのかわからない。

実の父親に会いに行っただけだったのが、窃盗目的の侵入だと疑われて警察へ連行され、誤解が解けた。それだけのことだった、はずだ。

送検するまでのことはない、事件化する必要もないと、警察も判断して、それで終わった。

（誤解じゃない？）

直前まで初仕事での失敗談を話していたテンションのまま、笑顔で聞き返した木村に、

「窃盗目的だったんだ」

石田は落ち着いた声音で、はっきりと告げる。

「書斎に金庫があるのも、何百万もする時計が置いてあるのも知ってた。盗むつもりで足を踏み入れた時点で、住居侵入は成立するだろ。ロースクール中退でも、これくらいは覚えてる」

一気に酔いが覚める、というより、血の気が引いて頭が冷えた。

急に口の中が乾いて、言葉がうまく出てこなくなる。

「なんで……」

やっとのことで、それだけ言った。

手まで震えそうになるのを、ビールのグラスを握って止める。

「……子どもが」

石田は目を逸らして、しかし表情は変えずに答えた。

「光（ひかる）が、病気でさ」

グラスに半分残ったビールを、ぐっと飲み干して続ける。

「心臓が悪くて。……母さんと同じだな。でも光のほうが重い。このままじゃ、あと何年生きられるかわからないって言われてる」

　必死に働いて手術費を貯めたが、国内で臓器の提供者を待っても望みはない。比較的ドナーが多いアメリカで移植手術を受けさせたいが、そのためには莫大な費用がかかるのだと、石田は淡々と話した。

「昨日も、あいつに金借りに行ったんだ。一蹴されたけどな」

　実の父親をあいつ、と呼んで冷笑する。父親よりもむしろ、そんな相手に頼みごとをしようとした自分自身を嘲笑っているように見えた。

「魔が差した、なんて言い訳にもならないな。あのとき、あいつの家から、昔俺と母さんが追い出された家から、俺は盗もうとしたんだ」

「……実際には、何も盗まなかった」

「見つからなきゃ盗んでたよ」

　罪を認める彼の潔さは、何の救いにもならなかった。

　そんなことない、邪魔が入らなくたって、きっと思いとどまっていたよと、言いたかったけれど言えなかった。

　木村はただ黙って、テーブルの上に置かれたままの、石田の携帯電話を見る。待ち受け画面の写真に写っていた、パジャマ姿の子どもや英語の絵本を、今はもう、ただ無邪気なものとして思い出すことはできなかった。

「何で俺に？」

「奈々緒には言えないからな。誰かに聞いてほしかったのかな」

ごめんな。と、石田がほんの少し目元を和らげる、困ったような笑い方で言う。

何も言えないまま逃がした視線の先で、携帯電話が震えて音を立てた。あ、と石田が取り上げて立ち上がる。

「悪い、ちょっと」

「ああ、うん」

仕事の関係か、それとも、奈々緒だろうか。

携帯を開いて耳に当てながら、石田は店を出て行った。

その背中を見送る。

石田はいつも迷いがなくて、堂々としていて、かっこよかった。ロースクールで弁護士を目指していた頃から。ロースクールを辞めたときも。

そんな彼が住居侵入だ窃盗だと、本人の口から聞かされても、信じられない、らしくないと思ったけれど。

(本当にそうなのかな)

弁護士よりもっと、なりたいものができたんだ。そう言って笑った、彼の真っ直ぐな目を思い出す。

やると決めたら何としてでもやり遂げる、迷いのない強さが彼らしさなら——石田は言葉の通り、何だってするつもりなのかもしれなかった。

弁護士になるという夢を、未練も残さず投げ捨ててまで、彼が選んだもののためなら。

ぼんやり考えながら石田を待っていると、通り過ぎた他の客の身体が当たって、椅子の背に掛けていた石田の上着が落ちた。

立ち上がって拾い上げた拍子に、ポケットから何か紙切れのようなものがはみ出ているのに気づく。ぞんざいに二つ折りにされたそれを何気なく開いて、どきりとした。

審査不要、即日借りられます、という文言と、電話番号だけが書かれたチラシ。

切羽(せっぱ)詰まって事務所へ駆けこんできた相談者が、似たようなものを持っていたのを見た覚えがあった。

(闇金のチラシだ)

違法な金利で貸し付けを行う、無認可の金融業者。

このまま丸めて捨ててしまおうかと一瞬迷って、結局、上着のポケットに戻す。

深い意味はなく、道端で受け取ったチラシを捨て損ねていただけかもしれない。そう自分に言い聞かせながら上着を椅子に掛け直し、自分の席に座ったちょうどそのとき、石田が戻ってきた。

「悪い、ちょっと用事が入った」

携帯電話をポケットにしまって、申し訳なさそうに肩をすくめる。

「呼び出しといて何だけど……」

「あ、うん」

残ったビールを飲み干して立ち上がった。

苦さが喉にまとわりつくような気がする。

違法な業者から借り入れをした人が、どんな目にあって法律事務所へ駆けこんでくるかや、家族や職場にまで取り立てが行って、数万円のために家族や仕事まで失うことになった人のこと、言いたいことが次々頭に浮かんだが、そんなことを石田が考えないはずもなかった。チラシを持っていたからといって、闇金融から金を借りようとしているとは限らない。石田は頭のいい人間だ。どんなに困っていても、泥沼だとわかっていて苦し紛れに足を踏み入れてしまうようなことはしないはずだ。思い込みで的外れなアドバイスをするのは、石田に対しても失礼だ。

まさか、でももしかしたらとぐるぐると思考がループして、結局言い出せないまま、きっちり半額ずつの支払いを終えて店の外へ出る。

凍った風が頬に吹きつけ、痛いくらいだった。

その強さと冷たさに目を細めて、マフラーに顎を埋めるように首を縮こめる。

寒そうに上着の襟を立てている石田を見ているうちに、

「なあ、その、手術ってさ、いくらくらいかかるもんなの」

気が付いたら声に出していた。

石田が、驚いた顔で振り返る。

「俺、まだぺーぺーで、そんな金ないけど……」

自分でも何を言っているのかわからなくなって口ごもる。

闇金融からは借りるなと先走ったアドバイスをするより、もっと失礼で的外れなことを言っているのかもしれないと気づいたが、今さら言わなかったことにはできなかった。

自己嫌悪に陥(おちい)ってうつむき、マフラーを引き上げる。

「……ごめん」

最後の呟きはカシミアに埋もれたが、石田の耳には届いたらしい。

石田は驚いたようだったが、気分を害した様子はなかった。

寒さから身を守ろうとするかのように首をすくめ、両手をポケットに入れた恰好(かっこう)のまま、身体ごと木村のほうを向いて笑った。

「おまえいい奴だな」

＊　＊　＊

結局石田は、木村から金を借りようとはしなかった。

オフィス内のラウンジで木村の話を聞いた高塚は、あっさりと「それがいいんじゃないの」と言う。

「友達でい続けたいならお金の貸し借りはしないほうがいいよ。まあ個人の自由だけど」

顧問先からもらった焼き菓子をつまんで、俺は絶対貸さない主義、と付け足した。

木村はスプーンでコーヒーをかきまぜながらうつむく。

「ていうか、そんな、友達に借りてどうにかなるような額じゃないみたいで」

「まあ、海外で優先的に移植を受けようと思ったら、医療関係者に渡す袖の下も相当高額になるって言うしね」

木村もインターネットで調べてみたのだが、数千万から億単位の費用がかかるらしかった。そんな金額を調達する方法など思いつかない。

駅前などで、難病の子どもの手術代のために募金を呼びかけている団体を見かけることがあるが、実際にどれくらい集まるものなのか、集まるとして、目標の額に達するまでにどれくらいの時間がかかるものなのかもわからなかった。それに、木村が思いつく程度のことは、石田がとっくに考えていそうだ。実行に移していないということは、それでは無理だと判断したのだろう。

「何か、できることないですかね……」

「弁護士としてはないんじゃないの。友達としては知らないけど」

ですよね、と、さらにうつむいた。

石田は犯罪に巻き込まれているわけでも人間関係のトラブルで悩んでいるわけでも、生活に困っているわけでもない。ただ、大金を必要としているだけだ。

「一度に大金が手に入る方法って言われて思いつくのは、そうだな、宝くじとか、生命保険とかかな。でも、ギャンブル性が高いものは可能性が低い上に下手すれば大損だし、生命保険は免責期間の関係で、すぐ手に入るってわけじゃないし、確実に入る保証もないし、これもリスクのほうが大きいね」

「……やめてくださいよ」

「選択肢を挙げただけだよ。まあ、その友達もこれくらいのことは考えたんじゃないの。実行に移してないなら、排除した選択肢ってことだよ」

確かに、石田がそれを思いつかなかったはずがない。彼なら、自分自身に生命保険をかけることも躊躇(ためら)うどころか、それで子どもが助かるのならと、迷わず身を投げ出してしまいそうだった。それをしていないのは、命が惜しいとか、保険会社に対しての詐欺(さぎ)になるとか、家族が悲しむとか、そんな理由からではなく、単に成功の可能性を考慮した結果だろう。

高塚の言うことを、悪い冗談として笑い飛ばすことはできなかった。

「富豪の息子なんだろ。父親を説得できれば、治療費くらいなんとでもなるんじゃないの」

「そうかもしれないですけど、いくら重役でも、ポンと出せる額じゃないでしょうし……ケンカ別れして十五年以上も交流がなかったとなると、そんな大金を出してくれるかどうかは。事実、一回頼んで断られたって言ってましたし」

高塚の分もコーヒーを注いで手渡す。

高塚は礼を言ってカップを受け取り、すぐに口をつけた。

「石田武徳っていくつだっけ、六十くらい？　じゃあまだ当分無理か。息子なら離婚してたって相続人なんだから、父親が死ねば相続分だけで渡航費と治療費くらい余裕で出せると思うけど」

また身もふたもないことを言う。しかし高塚の考えることは現実的だった。シビアだが、ただ漠然と何かしたいと思うより、石田にとっては具体的な助けになるかもしれない。

「高塚さんならどんなアドバイスします？　高塚さんが、俺の立場だったとして」

高塚は、そうだなあ、と、カップを下ろして少し考えるように天井を見上げる。

「『親族相盗例って知ってる？』ってのはどうかな」

「……すごいこと言いますね」

親や配偶者に対して行った一定の犯罪行為は、刑罰が免除されるという規定だ。つまり、身内同士での窃盗に、警察や検察は関与しないということ（関与できないわけではないが、結局刑が免除されるならそもそも関与しようとすらしないだろう）。

要するに高塚は、石田が父の家から金品を盗んでも、結果的に罪になる可能性は低いとほのめかしているのだった。

一瞬なるほどと思ってしまったが、流石に弁護士として――友人としても――犯罪行為をそそのかすわけにはいかない。

高塚は冗談だよと言って、フィナンシェを包んでいたセロファンを丸めて捨てた。

「闇金とかに手、出さないといいけどね。まあ、闇金から引っ張れる額なんて知れてるから、手術費には全然足りないだろうけど」

石田の上着のポケットに入っていた、チラシのことを思い出す。

子どものことでどれだけ切羽詰まっていても、石田は考えなしに闇金融の営業に飛びつくようなことはしないだろう。闇金からの借り入れで目標額を得ることは難しく、リスクばかりが大きいと、少し考えればわかるはずだからだ。

しかし、手術代を得るために、無茶なことをする可能性は十分にあった。

「すみません、ちょっといいですか」

「どーぞ」

高塚に断って席を立つ。

ラウンジから出て人気（ひとけ）のないエレベーターホールへ行き、携帯から石田の番号に電話をかけた。ちょうど石田の休憩時間と重なったらしく、すぐにつながる。

「石田？　俺」

普通の声が出て、石田からも、不審がる様子もなく返事がきた。そのことに安心する。

「一昨日（おととい）の事件さ、多分ほっといても送検もされないと思うけど、やっぱり一回謝っといたほうがいいよ。警察もそのほうが安心して、事件化を見送ってくれると思うし。

……うん、そう、警察も検察も、被害者側に言われると、捜査しないわけにはいかないっていうか、そういうとこあるし」

エレベーターのドアが開いて、事務員の女の子が降りてきた。背を向けて、少し隅へ寄る。携帯電話を耳に当てたまま目を閉じて、息を吸って、吐いた。

「……あのさ、光くんのこと、親父(おやじ)さんに……もう一回話してみろよ。それで、手術代のこと、改めて頼んでみよう」

思い切って言った。

「一昨日のこと謝って、頭下げてさ。俺、ついていくから」

石田が、電話の向こうで無言になる。

おせっかいだなと、呆れているのかもしれない。それでもよかった。木村の顔を立てるために応じてくれるのでもいい。一人で無茶なことをしないでいてくれるなら。そうする前に、もう一度、方法を考えてくれるなら。

言葉には出せずに、祈るような気持ちだけを込めた。

(盗むつもりで侵入したこと、誰にも言えないから俺に告白したって、おまえは言ったけど)

やむにやまれず罪を犯しかけたはずの彼は、罪悪感に苛(さいな)まれ、葛藤(かっとう)しているようには見えなかった。

迷っているようには、見えなかったのだ。

木村は息をつめて、石田の答えを待った。

＊　＊　＊

石田邸は、石田が事情聴取を受けた警察署から、歩いて十分ほどの距離にあった。最寄の駅で待ち合わせ、並んで歩き出す。

なんとなく気まずくて、しばらくの間お互い無言になった。

本当なら、嫌っていた父親に頭を下げるところを、友人には見られたくないだろう。しかし、被害者に謝罪するという名目で会いに行く以上は、弁護士がついていくのが筋だ。謝罪にだけ同席して、あとは二人にさせたほうがいいのか、一応被害者と加害者という関係である以上それも問題かと、すでにさんざん考えたことをまた考える。

本人はどう思っているのだろうと、歩きながらそっと横目で様子をうかがったが、石田に緊張した様子はなく、むしろ木村よりもよほど落ち着いて見えた。

「金貸してほしいって頼んで、断られたって言ってたけど、そのとき光くんの手術費用のためだってことは説明したのか？」

「子どものために金がいるとは言ったけど、詳しくは話してない。最初から、ほとんど聞く耳持たない感じだったからさ」

思い切って話しかけてみると、あっさりと答えてくれる。声も表情もいつも通りだ。

気まずく思っていたのは自分のほうだけだったらしい、と安心する。

「自分の孫の手術のための費用だって聞いたら、親父さんも気持ちが変わるかもしれないよな」

「どうだろうな。孫がいるってことも伝えてなかったし。……本当にもう何年も、連絡もしてなかったんだ」

母方の祖母から聞いた話だと前置きして、石田は、両親が離婚に至った経緯について話し始めた。

石田武徳はもともと、傲慢なところのある男だったが、事業を拡大し、収入が激増した頃から特に、妻に対して尊大な態度をとることが多くなり、気に入らないことがあれば怒鳴り散らすようになったという。ときには手をあげることもあり、妻側の親族は心配していたが、その頃すでに彼女は妊娠していたので、考えた末離婚を思いとどまったそうだ。

しかし息子が生まれてからも、石田武徳は家庭をかえりみることがなかった。むしろ、妻が息子にかかりきりでいる間、面倒がってなおいっそう、自宅には寄りつかなくなったそうだ、と、石田は淡々と話した。

「俺が二歳のとき、高熱を出して、救急車で運ばれたことがあってさ。親父は出張中で、連絡がつかなかった。母さんは親父の会社に電話して出張先のホテルを聞いて、親父に連絡を入れたんだけど」

その過程で彼女は、夫が別の女性とホテルに泊まっていることを知ってしまった。「石田武徳の妻」からの電話を受けたホテルの受付が、彼女を、同室に宿泊していた女性と勘違いして対応をしたためだ。

石田武徳はそのとき初めて、これまで下に見ていた妻から責められる立場になった。たとえ実際には彼女が夫を責めたてなかったとしても、不貞行為の発覚によって、家庭内における彼の立場が変わってしまうことは明白だった。彼は激しく動揺し、次いで、いつも以上に強い口調で、妻をなじったという。

「会社に連絡されたことに怒ったのか、不倫がバレて開き直ったのかわからないけど、まあ、逆ギレしたらしい。恥をかかされた、って感覚だったのかもな」

彼は、そんなことでいちいち連絡するな、二度とくだらないことで俺をわずらわせるなと妻を怒鳴りつけた。彼女は夫を責めることもせず、ただ黙っていたそうだが、その態度がまた彼を苛立たせたらしい。

「最後まで、一言も謝らなかったってさ。謝るとか非を認めるとかすると、自分が相手より下になるって考えがあったんだろうな。養ってやってるんだから仕事の邪魔をするなとか、おまえは俺にものが言える立場かとか、その後も色々、事あるごとに繰り返したらしいけど」

どんなに怒鳴っても、自分を見る妻の目から軽蔑が消えないこと――彼女が自分を尊敬していない、彼女の上に立てないということに、やがて彼は気が付いた。

彼にはそれが我慢できなかったのだろう、と、石田は言った。

「親父はホテルで寝泊まりして、家には帰らなくなった。俺のすることが気に入らないなら出て行けって、離婚届が送られてきて、生活費の入金も止まった。母さんは離婚届にサインして、俺を連れて実家に戻って、それからずっと、一人で俺を育てたんだ」

そこまで話して、石田は木村のほうを向き、

「弁護士やってれば、こんなのよく聞く話だろ」

眉を下げて苦笑する。

そんなことないと、慌てて首を振った。

仮に、よくある話だとしても、他に酷い目にあった親子がどれだけいても、だからといって石田や石田の母親が辛くなかったということにはならない。

事情も知らずに、石田の気持ちも理解せずに、父親に頼めばいいと言った自分の考えのなさにうつむいた。

ちょうど進行方向の信号が赤に変わって、横断歩道の手前で立ち止まる。

「そんな事情があるならなおさら、親父さんに頭下げるの、嫌かもしれないけどさ……」

「ああ、いや。そんなことねえよ。プライドが邪魔とか、そういうのは全然ない。実際、一回頭下げて頼んでるわけだし」

そこは気にしないでくれと、石田は気を悪くした風もなく――むしろ木村を気遣う口

調で続けた。

「親父に頼むって選択肢がかなり後順位だったのは、望み薄だったからだって。それでもまあ試してみたって失うものはないし、ダメ元でも試さないよりましだからな。試しに頭下げに行って、まあ、思ったとおりダメだったわけだけど」

親父が靴を舐めれば金貸してくれるって言うなら喜んで舐めたよ、と真顔で言う。自虐的になっているというわけでもなく、ただ事実として言っているのがわかった。そのことに胸が痛む。

石田は常に冷静だった。怒りや焦りや、そのほかどんな感情にも、振り回されることなく行動する。

嫌いな相手の靴を舐めることも犯罪に手を染めることも、目的のためには辞さないという強い意志だけがあった。

「もともと期待していなかったから、断られても絶望はしなかった。まあそうだろうな、って感じで、諦めて帰ろうとしたんだけどさ。ふっと見たら、壁にはすげえ絵が掛かってて、ばあちゃんから、あいつが何百万もする美術品とか時計なんかを集めてたとか、書斎の金庫に札束を積み上げてたとか、聞いたの思い出して」

自分が、知りうる限り一番の資産家の自宅にいるのだと気が付いて――貸す気のない相手に頭を下げ続けるよりも確実に、手術の費用が手に入るチャンスだと思ったのだ。

そう言って、石田はゆっくりと瞬きをする。

「親父とはいえ人から盗もうなんて考える時点で、プライドも何もねえだろ。でも、迷いもしなかったよ。最初から、何だってするつもりだった」

プライドのない行為だとわかっていて、それでも、それしかないと思ったのだ。そして実行した。

自分を貶める行為だとか、そんな方法で手術代を用意しても奈々緒も光も喜ばないとか、頭に浮かんだ言葉はどれも口には出せなかった。そのすべてを理解した上で行動している石田には、どんな言葉も意味をなさないとわかっていた。

信号が青に変わり、歩き出す。

「でも、親父さんが事情聞いて、わかってくれて、手術代貸してもらえることになったら、そんなことする必要もなくなるだろ」

そうなったらいいと、木村は祈るような思いで言った。

「そうだな」

そう応えながらも、石田は、そんなことが起こりうるとは、まるで信じていないようだった。

石田邸に着くと、エプロンをした女性が玄関先を掃いていた。五十代後半か、六十代前半くらいに見える。

柄の短いほうきを使っているせいで、下を向いて腰を曲げた体勢になっていたが、木村たちが近づくと、掃除の手を止めて顔をあげた。

「すみません、石田武徳さんはご在宅ですか」

「はい？」

曲げていた腰を伸ばした彼女は、石田と目が合った瞬間、あっという顔になる。

「こないだの。……その節は本当にすみませんでした、私の勘違いで。旦那様の、坊ちゃんだとは……」

「いえ、とんでもない。通報されるのは当然です。こちらこそ驚かせてしまって、すみませんでした」

石田の侵入を通報した家政婦らしい。

恐縮した様子で頭を下げる彼女に、石田は、落ち着いた声で謝罪を返した。

彼女は少しほっとした様子で笑い、勢いよく頭を下げたせいで乱れた髪を整える。

「今日は、お約束が？　旦那様はお出かけになるところで……」

いえ、今日は先日のお詫びに、と木村が言いかけたとき、玄関のドアが内側から開いた。

家政婦が慌てて掃除道具を脇へ置き、自分も一歩退いて道を空ける。

姿を現した石田武徳は、他人を萎縮させるような雰囲気を持った男だった。なでつけられた髪はつやつやと真っ黒で、鷲鼻で、不機嫌そうに眉を寄せている。

石田とは、あまり似ていなかった。

「石田武徳さん！　急にお邪魔してすみません、克志さんの友人で弁護士の木村です。今日は先日のことをお詫びに」

「私は忙しいんだ」

駆け寄って頭を下げた木村をうるさそうに一瞥し、ぴしゃりと叩きつけるように言う。

「被害届は出さないでおいてやる。そのことで来たんだろう。感謝するんだな」

「待ってください、お話が」

「橋野！」

言い募る木村の声を遮って、家政婦を呼びつけた。

飛び上がってハイと返事をした彼女のことを見もせずに、一方的に命じる。

「弁護士から電話が来たら、遺言書の文案は今日中に送るように言っておけ。廃除の調停なんぞ面倒でやってられんからな」

（調停？　はいじょ……廃除⁉）

耳慣れない法律用語に、一瞬変換が遅れた。

相続廃除。被相続人、つまり死んで財産を残す側の人間が、相続人になる予定の人間を相続人から外し、遺産を相続する権利を剝奪する制度だ。

それは、法律的なつながりを拒絶し、親子の縁を切るという意思表示に等しい。

木村は思わず石田を見たが、石田の表情は変わらなかった。

そのまま歩き出した父親の背中に、親父、と声をかける。自分との会話ではずっと

「あいつ」としか呼ばなかったのに、初めてだった。何故か木村がどきりとした。

「話があるんだ。これで最後にする。もう一度だけ聞いてくれ。出直すから」

落ち着いた声と、はっきりとした口調で告げる。

石田武徳はそれには答えなかった。

一度も振り向かず、息子へ視線を向けることもないまま、歩き去った。

＊　＊　＊

何年も離れて暮らしていても、音信不通になっていても、子は親の第一順位の推定相続人であり、親が死亡すれば、その遺産を相続することになる。

それは親の意思にも関係なく、法律上子に認められた権利だ。

それを、遺産を残す側の意思で剝奪するのが、相続廃除だった。

制度として知ってはいるが、木村は廃除が絡んだ案件を手掛けたことはない。

事務所の書庫から遺言や相続の関連書籍を借りてきて読んでいると、高塚がクライアントとの打ち合わせから戻ってきて、手元を覗き込んだ。

「あっ、お疲れ様です」

「うん。友達のケース？」

「そうです。廃除を検討してる、みたいなこと言われちゃって」

高塚に教えてもらったほうが、調べるより早い。

事の次第を話すと、高塚は、「和解は厳しそうだね」と眉を寄せた。

「まあ、相続廃除は、そう簡単には認められないから、そんなに気にすることもないけど。法律で定められた権利を剥奪するわけだから、単に親子仲が悪いくらいじゃ廃除できない」

木村のデスクの上に積み上がった相続関連の書籍に目を向け、一番上の一冊をひょいととると、すぐ隣の椅子を引き寄せて座る。

「財産を残す側が生前に裁判所に申し立てる場合と、遺言で意思表示しておく場合とがあるけど、石田武徳は後者を考えてるってことだね。どっちにしたって、推定相続人の側が異議を出せば覆せるよ多分」

「どういう場合に廃除が認められちゃうんですか?」

高塚は厚い専門書をぱらぱらとめくりながら、そうだな、と思案する顔になった。

「推定相続人である子どもが、被相続人である親を虐待してた場合とか……あとは、推定相続人に著しい非行が認められる場合……重大な犯罪を犯して実刑判決を受けた場合とか」

「今回の住居侵入はセーフですか?」

「送検もされないで済みそうな案件だからね。それくらいじゃ廃除が認められるほどの著しい非行にはならない」

実害はないということだ。

少し安心する。しかし、認められるかどうかはさておき、そこまでする父親が手術代を貸してくれるとは到底思えなかった。

そもそも、廃除が認められるかどうかは、石田武徳の死後に問題になることだ。石田が金を必要としているのは今で、何十年か先の相続財産などあてにはできない。

いつか来る相続開始時点での権利を奪われるかどうかよりむしろ、今石田武徳が、息子に金を渡す気がないという意思を明確にしたことのほうが、おそらく石田にとっては問題だ。

高塚も同じように思ったらしく、「それにしたって感じ悪いよね」と眉を寄せた。

「石田武徳のほうだって、まだまだ死ぬ予定はないだろうから、今遺言を作る必要もないのに、わざわざ廃除の規定を入れるなんてさ。要するに、自分が死んでもおまえには一円も渡さないぞっていう意思表示でしょ」

頼んでも無駄だと思って盗もうとした気持ちもわかる、と、高塚は言いたげだ。

「弁護士として、犯罪を勧めるわけにはいかないけどさ」

ぱらぱらめくっただけで本を閉じ、木村の机の上に戻すと、椅子に深くもたれて長い脚を組む。

「人としてどうかってのは別として、資産家の親から盗むっていうのは、手術代調達の方法としては、一番成功率が高くて現実的かもね。有罪にできないってわかってるのに逮捕したり起訴したりするだけ無駄だから、多分警察は動きもしないだろうし」

「……多分あいつも、それはわかってると思います。ロースクールで一緒だった奴なんで」

そして石田は、木村よりずっと真面目で優秀で、隅々まで教科書を読み込んでいた。

高塚が目をあげて木村を見る。

「わかってて、盗もうとしたんだと思います。今回はたまたま家政婦さんに見つかって、報告されたけど」

石田は反省も後悔もしていないはずだ。冷静に、失敗を認識しただけ。

間違いなく、チャンスがあればまたやるだろう。子どもの命がかかっているのだ。不仲な父の家からそう簡単に金品を持ち出せるかは疑問があるが、失敗しても有罪になる可能性は低く、逮捕すらされないかもしれないとなれば、実質的なリスクは小さい。

「DV夫だったくせに慰謝料どころか財産分与もしてないし、養育費も払ってないんでしょ。大きい声じゃ言えないけど、割と相当な対価なんじゃないのって、俺なんかは思うけどね」

過激なことを言う高塚に苦笑する。弁護士にあるまじき発言だ。裁判所や検察官には聞かせられない。

確かに、父親から受けるべき補償を受けられずに生きてきた石田が、いくらかを自分の子どものために今回収することは、辻褄を合わせることにすぎないのかもしれない。

法律上はともかく、一般人の感覚としては、石田はそこまで咎められることをしているわけではないと、考えられなくもない。木村も、自分を納得させようとはしてみた。

それでも、やはり、石田が盗みを働こうとしたという事実は、ショックだった。

裁判にならなくても、逮捕すらされなくても、罪は罪だ。

一度は法律家を志した男が、子どものためとはいえ、犯罪に手を染めることにすら躊躇しなくなってしまっている――この状況は決して、正常とは言えなかった。

「あいつが心配です。俺に何ができるってわけじゃないけど、このままじゃ、無茶なことするんじゃないかって」

あいつ本当に、何でもするつもりだから。

木村がそう言ってうつむくと、

「銀行強盗とか？　それはないでしょ」

高塚はすぐに否定した。

「正義感がどうとか倫理観がどうとかの話じゃなくてね。話聞いてると、その石田って友達、相当冷静で、合理的なんだろ。リスクのことを考えれば、そんな方法は選ばないんじゃないの」

確かに、犯罪は割に合わない。どんな大金も、人生の対価としては軽い。人生を棒に振ってまで金のために犯罪を犯すのは、本来、石田のように頭のいい人間のすることではない。

しかし石田は自分の人生と引き換えにしてでも、手術代を調達する必要があるのだ。人生をかける覚悟など、彼はとっくに決めていた。

木村は口には出さなかったが、高塚は、その考えを見透かしたかのように頷き、

「もちろん、いずれつかまって刑務所に行くとしても、お金さえ手に入ればいいって考え方は、あり得るところだと思うよ。自分より大事なものがある人間はやりかねない。でも、だからこそ、どうしてもお金が必要なときに、確実じゃない方法は選ばないだろうってこと」

依頼人に対するときのように丁寧に説明してくれる。

「たとえば銀行強盗をしたとして、まず大金持って銀行から逃げ切るところのハードルが物凄く高いし、仮にその場は逃げおおせたとしたって、それを病院に送金する前につかまるよ。目的を達成できる可能性が低すぎる。そういう意味で、彼はそんな方法は選択しないと思う」

「……そう、ですね」

高塚の言うことは理にかなっていて、納得できたが、気持ちは重いままだった。

高塚の出した結論は、石田の人間性を信じているからではない。そして木村も、同じように思っていた。

確実に金が手に入り、それを息子の手術代にあてることができるなら、石田は犯罪者になることもいとわないだろうと、今では木村も思っている。

仮定の話をしても仕方がない、理由はどうであれ、石田は割に合わない犯罪行為に手を出したりはしないはずだ。せいぜい再び父親からの窃盗を試みるくらいだろう。頭ではわかっているのに、何故だかわからない。不安が消えなかった。

石田は、石田武徳の殺害容疑で逮捕された。

その夜のことだった。

＊　＊　＊

石田は、玄関のチャイムを鳴らし、許可を得て石田家を訪問していた。家政婦の橋野が目撃し、警察にも証言していた。

石田は彼女に、訪ねてくるのはこれで最後だ、断られたらもう二度と来ないから、一度だけ取り次いでほしいと頼んだらしい。彼女は石田を招き入れ、主人の書斎へ通した。石田武徳がドアを開けたままにしていたので、親子の会話は廊下へ筒抜けだったそうだ。

橋野が用意したコーヒーを部屋へ持って行こうとキッチンから出て、廊下を半分ほど進んだとき、土下座くらいしてみろ、と言い放つ声が聞こえた。

足音をたてないように歩き、そっと書斎の入口から覗いてみると、石田が、父親の足元に手と膝をついているのが見えたそうだ。

見てはいけない気がして、彼女はコーヒーのトレイを持ったまま急いで引き返し、キッチンのドアを閉めた。邪魔にならないように気を遣って、食器を洗ったり掃除をしたりしながら、親子の話が終わるのを待ったそうだ。

途中物音が聞こえた気がしたが、自分も水音をたてていたからそれほど気にしなかった、というのが、彼女の供述だ。

結局彼女は、通報を受けた警察官が現場に到着するまで、何が起きたのかも知らず、書斎にも近づかないままだった。

通報したのは、彼女ではなく、石田だ。

彼は書斎にあった重いガラス製の灰皿で父親の頭を殴り、そのすぐ後に自分で、室内にあった電話機から通報していた。

アクリル板の向こう側でドアが開いて、留置係に連れられた石田が入ってくる。

留置係がドアを閉めて出て行くと、狭い接見室に二人きりになった。

パイプ椅子を引き寄せて座った石田は、木村を見て少し目元を和らげた。

「悪いな。来てもらって」

「……大丈夫か？」

大丈夫なわけがないと思いながら問いかける。

石田は少し頷いた。

少なくとも、取り乱している様子はない。顔色が悪いと感じたが、それは接見室の明かりのせいかもしれなかった。それくらい、いつもと変わらないように見えた。

「何があったんだよ」

「聞いてるだろ？　そのまんまだよ。親父にもう一度金貸してくれって頼みに行って、断られて、殺した」

殺した、という言葉にどきりとする。

自分は弁護士としてここにいるのだと言い聞かせて、動揺を隠し、そっと息を吸った。

「光くんの病気のこと、話したのか？」

石田はまた頷く。

「育てられないのに無計画に子どもを作るからだ、って言われたよ」

金を借りるための口実だと思ったのかもな、と、自嘲気味に笑った。

「他には？　どんなことを言われた？」

よほどの理由があるはずだ。

石田ほど頭が良くて冷静な人間が、自分をコントロールできなくなるほど激怒するような、きっかけが。

「おまえは相続人から廃除する、俺の目の黒いうちはもちろん、死んでも一銭もやらんって」

すがるような気持ちの木村に対し、石田はやはり、落ち着いていた。自分の感情を交えず、ただ事実だけ、訊かれたことだけを答える。

「土下座しろって言われたって、聞いたけど」

ああ、と、まるで今思い出したかのように言った。

「しろって言われたからしたんだけど、恥を知れって言われたよ。今頃のこのこ顔を出して図々しいって。恨むなら母親を恨め、とも言ってたかな」

子どものためにプライドを捨てて頭を下げた人間を、激昂させるには十分だ。

自分と母親を捨てた父親に、最初から期待なんてしていないと、石田は言ったけれど、それでも傷つかなかったはずがない。どんなに頭のいい男でも、我を忘れることくらいきっと。

声が震えないように、小さく深呼吸をして、唾を飲みこんでから口を開いた。

「殺すつもりなんかなかったんだろ?」

石田は困ったように笑って、答えない。

そうだと言われたら、信じるつもりだった。

信じたかったのに、石田は、答えなかった。それがおまえの誠実さなのかと、木村は奥歯を噛む。

家族を侮辱するようなことを言われて、息子の治療への望みを絶たれて、蔑まれ罵られて、かっとなって手をあげた。打ちどころが悪くて、最悪の結果になってしまったけれど、逃げも隠れもせずにその場で通報して、自分の罪を認め、罰を受けることを受け入れ、反省している。

石田のことを知らない人間なら、きっとそう思う。おそらくは裁判所や、裁判員も。

しかし木村には、今、アクリル板の向こうにいる男は、ひどく冷静に見えた。

冷静すぎるように見えた。

彼が激情に駆られて、父親を灰皿で殴ったとは思えなかった。

(おまえ、親父さんがおまえを廃除するって聞いて、その前に殺そうと思ったんじゃないのか)

自分自身の考えにぞっとする。

石田は、廃除という言葉の意味を知っていた。たった一年足らずしかロースクールにいなかったのに、木村もうっすらとしか覚えていないような、決してメジャーではない相続法の規定を、理解していた。

それで、じわりと染みて滲むように、疑惑が湧いた。

相続人の廃除をされたら、遺産を受け取れなくなって、息子を助ける最後のチャンスを失うと思ったのか。何年も、何十年も先になるかもしれなくても、大金が手に入るチャンスが永遠に失われてしまう前に、自分が相続人から外されないうちに、殺したんじゃないのか。

訊けなかった。

彼が金のために父親を殺したとは思いたくなかったし、もしそうだとしても、彼のしたことは全くの無駄だったなんて、残酷すぎて言えなかった。

廃除はそう簡単には認められない。被相続人である父を、直接的に害したり、有罪判決を受けて刑務所にでも入らない限り。

(石田武徳が廃除を申し立てたって、きっと認められなかった。殺す必要なんかなかったんだ)

けれどもう、石田に、相続権はない。

民法には、相続欠格という規定がある。

(ロースクールでも習ったよ、おまえが退学した後、家族法のクラスで)

司法試験にはまず出ないとされている、マイナーな分野で、あまり真面目に勉強しなかったけれど、覚えている。

親を殺した子には、廃除の申し立てがなくても、相続は認められないということ。

石田は知らなかったのか。殺す必要なんてなかったことも、殺したことで、相続人としての資格を失うことも。知らずに、息子のためになると信じて、実の父親を手にかけたのか。――そのせいで、すべてを失って、今もまだ、その事実を知らずにいるのか。

だとしたら、あまりにやりきれなかった。

石田の弁護をするなら、いつかは確かめなければならないことだ。

しかし今はまだ、訊けなかった。

「闇金のチラシ、俺が持ってたやつ。見ただろ」

唐突に、石田が言った。

とっさに何のことかわからなくて、ようやく、居酒屋で会ったとき、石田の上着のポケットに入っていたチラシのことだと理解する。

盗み見たようでうしろめたくて、見たことを言えずにいたが、石田は気づいていたらしい。聡い彼のことだから、突然父親に頭を下げに行こうと木村が言い出したときに察したのかもしれない。

「違法な業者からの借り入れの場合、業者側に返済の請求権はないって判例があるだろ。闇金から借りられるだけ借りて、弁護士頼んで後処理してもらえば借り逃げできるんじゃないかって思ってさ。必死だろ」

何故今急にこんな話を、とついていけずにいる木村に、

「それで、チラシを集めてたんだ。結局、闇金から借りられる額じゃ焼け石に水だし、リスクのほうが高そうだって思ってやめたけど」

石田は構わず続ける。

「俺はおまえを利用するつもりだったんだよ」

ごめんな。と、穏やかな表情で言った。

俺はこういう人間なんだよと、口には出さなかったが、言われているような気がした。

今さら、言う必要のないことだ。石田にとっては、黙っていたほうがいいはずのことだった。

責められたいのか、それとも、せめて最後に友人として、正直でいようとしてくれているのだろうか。自棄になっているようには見えなかったが、見放されても仕方がないと思っているらしいことはわかった。

それが悲しくて、膝の上で拳を握る。

「結局、しなかっただろ」

メリットとデメリットを冷静に計算した結果だとしても。

やっとのことでそれだけ言うと、

「おまえがいい奴だからだよ。失敗した」

石田はそう言って、学生時代のように、木村のよく知る顔で、笑った。

＊　＊　＊

一つだけいいか、と石田が木村に頼んだのは、奈々緒と光のことだった。

これからきっと色々大変だから、何か弁護士の手助けが必要な事態になったときには助けてやってほしいと。彼の選んだ「一つだけ」は、こんな状況下でもやはり、家族らしい。

自分の弁護は不要というような口ぶりだったが、いいからサインしろと弁護人選任届を差し入れて指印を押させ、木村は正式に石田の弁護人という立場になった。

弁護人にならなければ、事件に関する記録や証拠の閲覧（えつらん）もできない。石田は、事件の概要は警察と検察の作成した調書通りだ、すべて認める、と言って、事件当日のことについてもその背景についても、何より当時の心情についても、多くを語ろうとしなかったから、まずは調書や検察側の証拠を確認して、それを踏まえて尋問を組み立てることにした。

検察官から開示されたばかりの記録を、事務所の、自分のデスクで確認する。

事件現場の写真や、遺体の写真、石田本人に犯行を再現させた写真もあった。殺人事件の記録を読むのは初めてで、まして、会ったことのある人間の遺体の写真を見るのは強烈な体験で、直視できないのが情けない。

犯行態様に争いはないのだから、遺体の状態を隅々まで把握しておく必要はないのだが、全く見ないわけにもいかなかった。遺体写真のコピーがフルカラーでなくてよかったと思いながら、ページをめくる手を早める。

血の付いた凶器の写真が載った報告書の、次のページで、木村は手を止めた。

手書きの文書の写しが綴（と）じられている。右端に、「遺言書」と書いてあった。

書面の最後には、石田武徳、という署名と、実印らしい印影もある。

（石田武徳の遺言書⁉）

こんなものがあったとは、初耳だ。

ざっと目を通すと、後半に、廃除の項目もあった。石田克志を相続人から廃除すると、はっきり書いてある。

石田は、事件当日、父親から、相続人から廃除すると言われたと言っていた。「これから廃除するつもりだ」という意思表示をされたのだとばかり思っていたが、事件が起きた当時、すでに遺言による廃除の手続はなされていたということになる。

急いで読んだ報告書には、遺言書は、犯行現場の机の上にあったと書いてあった。

(石田が父親を殺したとき、廃除の手続は済んでいた)

遺言書が犯行現場にあったのも、偶然なわけがない。おそらく石田武徳が、わざわざ取り出して見せたのだろう。

(つまり石田も、自分が相続人から廃除されたことを知っていた)

父親を殺しても、自分は遺産を受け取れないとわかっていた。

そして石田は犯行後、その遺言書に手も触れず——破棄するチャンスはあったのに——その場で警察に通報している。

(相続財産目当ての殺人なら、そんなことをするはずがない)

それは、本来善良で冷静な人間が、激情にかられて過ちを犯し、我に返った後の行動だ。

石田は、廃除を止めるため、金のために父親を殺したわけではなかった。

（よかった）

友人が怒りに任せて父親を殺したのだとわかって、そう思うのも妙な話だ。しかしほっとした。

息子を助けるための希望を絶たれ、侮辱されて、かっとなって殺したほうが、金のために冷静に殺人を犯した場合よりも、情状としてはまだましだ。怒りは人間的な感情で、いくらかは裁判員の同情を得られるかもしれない。

息を吐いて天井を仰いだ。

デスクチェアにもたれかかるように身体を倒した木村を見て、会議室から出てきた高塚が「あれ」と眉をあげる。

「木村くん今日、石田くんの奥さんに会いに行くんじゃなかったっけ。まだ出なくていいの？」

「高塚さん」

記録を確認してからにしようと思って、と、チェアの背もたれから起き上がりながら答えた。

「遺言書の作成は、終わってました」

早速報告する。

高塚は、何のこと、というように首を傾（かし）げた。

「石田武徳は遺言の中で、石田を相続人から廃除していました。その遺言書は現場にあったから、石田もそれを見て知っていたはずです。多分石田武徳が、自分から見せたんだと思います」

記録の束を手渡して、遺言書の写しが綴じられたページを示す。

何の話かを理解したらしい高塚が、す、と弁護士の顔になった。

「あいつ言ってました。親父さんに会ったとき、これが最後だ、って。期待なんかしてなかっただろうけど、でも、光くんを助ける最後のチャンスだって、すがるような気持ちで頼みに行ったんだと思います」

無言で記録をめくり、実況見分調書を読んでいる高塚に、言い募る。自分自身に石田を疑う気持ちがあったという罪悪感も手伝って、まるで弁明でもするかのような口調になった。

「子どものためなら何でもする覚悟で、自分を捨てた父親に土下座までして頼んだけど、ひどいやり方で断られて、頭が真っ白になって、殴った。それが事実です」

衝動的な犯行だ。

損得を計算した上での犯行であった場合と比べると酌量（しゃくりょう）の余地があるが、それでも、殺人であることには変わりがない。

石田は金のために父親を殺したのではないか、彼はそれができるほどに冷酷な人間だったのか、そして、人間性まで犠牲にしたにもかかわらず、法律の勉強を途中でやめたせいで犯してしまったミスで、すべてが無駄になってしまったのではないか——これまではそればかりが気になっていた。しかし、こうして犯行が計画的なものではなかったとわかると、ほっとする反面、今度は、彼のように頭のいい男が何故こんな馬鹿な真似をと、別の苦い思いが湧いた。

　凶器を使って殴っているのだから、その瞬間は確かに殺意があっただろう。殴りつけた後で我に返り、逃げずにすぐさま通報していることは、情状としてはプラスになっても、殺人の故意自体を否定することにはならない。

　どうして殴る前に、妻や子どものことを考えて思いとどまれなかったのかと、今さら悔しさがこみあげた。

（殺したって、何にもならないのに）

　石田武徳のしたことは、確かに非情だ。

　病気の子どもを助けたい一心だった石田が、怒りに我を忘れてもおかしくない。殺したいと、殺してやると、そう思っても仕方ない。

　しかし、石田武徳を殺しても、何の解決にもならない。それどころか、一時の感情にまかせて行動したせいで、今、石田は、何より大切な家族と一緒にいられなくなってしまった。それがわからない男ではなかったはずなのに。

　彼らしくもない。

　それが、冷静すぎるほど冷静に思えた彼の、人間らしさなのかもしれなかったが、何故と思わずにはいられなかった。

「こんなことしなければ、いつか、遺産を受け取れたかもしれないのに……手術が受けられる日まで、光くんとも一緒にいられたのに」

石田武徳が死んでも、被相続人を殺した相続人に、遺産を受け取る権利はない。もともと、いつになるかわからない相続など当てにはしていなかっただろうが、それにしても、石田は子どもを愛するあまりの行動で、本来持っていたはずの権利まで失うことになったのだ。

そうなることに石田が気づけなかったはずもないのに、それでも、踏みとどまることができなかった。それだけひどく、石田は傷ついたのだろう。

最後の希望を打ち砕かれ、心無い言葉を投げつけられ、子どもを助けられないという絶望を突きつけられて——あんな冷静な男が、我を忘れるほど。

たまらなくなって唇を噛む。

それだけ子どものことが大事だったのだとわかるから、なおさら、この結末はやりきれなかった。

彼は手術代を得るどころか、もう、病気の息子を、そばで見守ることすらできないのだ。

「……石田武徳は健康だった。死ぬまでにはまだまだ時間がかかりそうだ。きっと、自然死による相続開始を待ってたんじゃ、彼の息子の心臓が持たなかっただろうね」

記録を読んでいた高塚が、ふいに、静かな声でそんなことを言った。

何を言っているのか、すぐには理解できなくて高塚を見る。彼は綴じられた調書に目線を落としたまま、仕事をするときの、感情を排した表情をしている。

数秒遅れて、その意図を理解して頭に血がのぼった。

「石田が、遺産目当てで殺したって言いたいんですか……！」

高塚は無言のまま、調書の文字をなぞっていた視線を木村へ向ける。

その目が肯定していた。

どうして、と木村が口に出すより早く、高塚は口を開く。

「聞く限り、石田克志は、非常に合理的な人間だ。他の何を引き換えにしても叶えたい目的のためなら、どんなことでも躊躇せず、冷静に、その達成のためだけに動くことができる——それは木村くんも、わかってるんじゃないの」

感情的になっている相手を落ち着かせるときの、温度のない声とゆっくりした話し方だ。

治らない病を患者に告知する医者のようだった。そして、彼がこんな顔で何かを言うときは、たいてい彼が正しくて、そして、どうしようもないときだ。

一度は消えたはずの不安が、噴き出すように胸によみがえる。

それを打ち消すように立ち上がり、高塚に噛みついた。

「だからこそ、何の解決にもならない殺人なんて、犯行時、あいつがまともな状態じゃなかったことの証拠じゃないですか」

自分自身も、友人であるはずの彼を、一度は疑った。怖くて本人には確認できないほど本気で。しかしそれは、自分の考えすぎだったはずだ。

そうわかって、疑ったことに罪悪感を感じながらも、心からほっとしたばかりだった。

犯行動機が何であれ石田の犯した過ちは消えないが、それがせめて、人間らしい怒りの発露だったなら、木村にも理解できる。

そしてまだ、石田の友人でいられる。

妙な危機感に追い立てられるように話す木村に対して、高塚はあくまで落ち着いていた。

それがまた、不安をかきたてた。

「石田は、遺言による廃除がなされたことを知っていたんです。父親が死んだって、自分には相続できないと思ってた」

実際には、廃除が認められることはなかっただろうが、石田は、自分に相続権はなくなったと思っていたはずだ。それに、父親を殺せば相続欠格で、どちらにしても遺産は手に入らない。父親を殺すことに、メリットはなかった。石田が冷静だったら、そんな意味のない殺人を犯したはずがない。

「殺しても何にもならないって冷静な頭ではわかっても、そのときの石田はちゃんと考えられる状態じゃなくて、だから」

そうかな、と、高塚はやんわりと木村の言葉を遮る。

「石田くんは勉強熱心で、優秀なロースクール生だったんだろ。廃除の制度を知ってて、実態を全く知らないなんてことあるかな」

「だったら、相続欠格のことだって知ってたはずです」

「知っていただろうね」

するりと答えられて息を呑んだ。

彼が何か、決定的なことを言おうとしている気配を感じた。

やめてください聞きたくないと、耳をふさがなかったのは、わずかに残された弁護士としての意地だ。

覚悟は全然できていなかったが、ばらけそうになる心をつなぎとめて高塚の目を見返した。

「廃除が有効でも、相続権は消えてなくなるわけじゃない。相続欠格の場合もね」

高塚は木村の視線を受け止め、目を逸らさないままで、ゆっくりと口を開く。

「相続人が死んだ場合と同じだ。相続人の子が、代襲相続するんだよ」

静かに、しかし容赦なく、告げた。

「石田克志が石田武徳の相続人から外れても、その権利は息子へ引き継がれる。つまり今は、石田光が、石田武徳のたった一人の相続人だ」

それが偶然の結果だとは、木村も、思わなかった。

その事実の意味するところが、わかってしまう。

凍りついた木村に、高塚はゆっくりと一度瞬きをして、続ける。

「廃除なんて手続自体、広く一般には知られていないものだ。でも石田くんは、知ってたんだろ。調べたんだ。目的がなきゃ、わざわざ調べない」

その通りだった。石田なら、中途半端なことはしないだろう。相続という制度、その可能性に気づいたのなら、徹底的に調べたはずだ。廃除の要件も、相続欠格のことも
――自分が父親を殺した場合、遺産がどうなるのかも、彼は知っていた。

――奈々緒と光を頼むと、弁護士が必要になったら助けてやってほしいと言ったのは。

デスクチェアにどさりと、糸の切れた人形のように座り込む。

光は、莫大な遺産を相続することになる。手続きには時間がかかるだろう。しかし、彼にはまだ何年か猶予がある。

相続した財産を使って、海外で手術を受けられるチャンスは十分にある。

「最後のチャンスだって、藁にもすがる思いで頼みに行って、それを断られてかっとなって、後先も考えずに殺したって。そんなの彼らしくないって、木村くんだって思っただろ」

そうだ。息子のためなら何でもする父親だが、息子のためでも、我を忘れたりはしない男だった。

いつも冷静で、目的のための最善を選ぶ男だった。

書斎のドアを開けたままにしておいたのは、本当に石田武徳だったのか。

家政婦の橋野に話を聞かせたのも、すぐに通報して、全ての罪を認めたのも、罪を軽くするための計算ではなかったのか。

石田は、それができる男だった。

子どもを思う気持ちを踏みにじられ、頭が真っ白になっての突発的な犯行だと、誰もが思うだろう。誰も、疑わないだろう。

(石田のことを知らない人間なら)

これで最後だからと、もう一度だけ聞いてくれと、そう父親に言った、石田を思い出す。

あのときの言葉に嘘はなかった。事実、それが最後のチャンスだと、石田は思っていただろう。あのときすでに、石田は覚悟を決めていたのだ。

たとえ確実に目的を達成できるとしても、引き換えにするものが多すぎる、犯罪行為は最後の手段だ。目的のためには手段を選ばない石田にとっても、できることなら選びたくない選択肢だったはず。

頭を下げて頼んで、土下座までして、それで、もしも、父親が孫のために、手術代を出してくれていたら、石田は殺人を犯さずに済んだ。

石田武徳は、殺されることはなかった。

(最後のチャンスは、石田にとっての最後じゃなくて)

土下座は、石田が父へ与えた、最後のチャンスだったのではないか。

それと知らず、石田武徳はそれをふいにし、そして石田は、父親から手術代を得るための唯一の方法を実行に移した。

冷静に。

「まったく頭が下がるよ。誰に何と言われようと、ほかの何を失おうと、誰を傷つけようと、たった一つの目的のためにここまでできるなんてね」

さきほどまでとは違う口調で、高塚が言った。

彼はもう木村を見てはいない。木村のデスクの上へ戻した、記録の束へ目を向けていた。

木村は、彼が怒っているらしいことに気づいた。

法律の知識不足と願望で、現実を正しく見られずに──真実に気づけずにいた身としては、プロ意識の低さをなじられても仕方がないところだ。しかし、高塚の怒りはどうやら、木村とは別のどこかへ向いている。

「石田くんと友達でいたいなら、この事件からは外れたほうがいい。もう遅いかもしれないけどね」

「どういう……」

「弁護人には俺がなるから」

きっぱりと、反論を許さない決定事項として、高塚が言った。

「俺は彼を身勝手な人間だと思うし、彼のやり方には賛同できない。そして彼が、それ

をどうでもいいと思ってること、賛同も理解も得られなくていいと思ってるってことも
わかってる。正直言ってむかつくね」

忌々(いまいま)し気(げ)に吐き捨てて、けれど、木村が身をすくませるのを見ると、小さく息を吐く。

「でも、弁護するよ。彼だって、刑は軽いほうがいいだろ。頭がよくて合理的な人間なら、俺が有能だってわかるはずだ。断る理由はない」

ただし着手金はきっちりもらう、と、彼らしい一言(ひとこと)を付け加えた。

「息子からね。石田武徳の全財産を相続するなら、手術代と渡航費用を払ってもお釣りが来るはずだ」

木村はうつむいて、記録の束を手にとる。

身勝手な行為であることも、その選択が周囲の人間をどれだけ傷つけるかも、もしかしたら最愛の家族まで自分から離れていくかもしれないということさえも、石田は全部わかっていて、そのうえで、冷静に考えて、この結果を自分で選んだのだ。だから、後悔も反省もしていなかった。

木村も、心のどこかで気づいていた。

だから、はっきりとは理由がわからないまま、恐怖を感じていた。自分の考えすぎならいいと願いながら。

今でも、木村には、石田を理解できない。学生時代から知っていたはずの彼が、自分とは別の生き物であるような気さえしている。おそらく高塚は、それを見抜いていた。

「でも、俺……」

それでも、彼は、友人だったはずなのだ。

顔を上げ、言いかけた木村に、高塚は右手を差し出した。記録を渡すよう、目で促される。

「被告人は反省していますって、木村くん法廷で言える？」

責める口調ではなかった。質問ですら、なかった。高塚は答えを知っていて、だから、返事を待たなかった。

「俺は言える。だから俺が弁護するよ」

木村のためだけではない、石田のためにも、そのほうがいいのは明らかだ。

木村は座ったまま、目の前に立った先輩を見上げる。

高塚は急かすことはせず、ただ、少しだけ目を伏せて言った。

「彼だって、君に面と向かって嘘なんかつきたくないに決まってるよ」

木村は高塚に記録を渡した。

高塚はそれを革のブリーフケースに入れ、デスクのそばのコートかけから自分の黒いコートをとる。

接見に行ってくる、と、スケジュール管理を任せている事務員に内線をかけて言っているのが聞こえた。

すっかり外出の支度を整えると、立ち上がれずにいる木村を振り向いて言う。

「君は、石田夫人のところに行くんだろ。もうそろそろ出ないと遅れるよ」

そうだった。

彼女には、話さなければならないことがあった。

＊　＊　＊

石田のアパートを訪れるのは初めてだった。

出迎えてくれた奈々緒は、木村を部屋へ通し、「わざわざ来ていただいて」と頭を下げる。

しっかりとした口調と態度。石田が住居侵入でつかまったと、取り乱して電話をかけてきたときとはまるで違っていた。

彼女も覚悟を決めたのだろう。

気丈な女性だった。

彼女はどこまで知っているのだろうか、と思ったが、すぐに考えるのをやめた。

彼女はもちろん、石田が本当は何を思っていたのかも、確かめる方法はない。そして、知る必要もない。

彼が嘘をついているのかどうかを、考えなくてもいいのだ。

木村はもう、石田の弁護人ではないのだから。

お茶を入れますと言って、奈々緒が立ち上がり、木村は部屋に一人になった。

何気なく見回した室内はきちんと片付き、掃除が行き届いている。

ふと視線を感じて振り返ると、好奇心に満ちた目で、部屋の入り口から半分覗き込むようにして、小さな子どもがこちらを見ていた。

「……光くん？」

視線を逸らさないまま、こっくりと頷いた。

柔らかそうな素材のパジャマを着ている。昼寝から起きてきたのか、それとも、これから寝るところだったのか。

奈々緒がキッチンから出てきて、「お父さんのお友達よ」と紹介してくれる。

母親に促され、光は「こんにちは」と頭を下げた。

木村も、こんにちは、と挨拶を返す。

「眠れないの？」

「ううん。なすと一緒に寝るから」

木村には意味が分からなかったが、奈々緒には伝わったらしい。彼女は頷いてキッチンへ戻った。

光は木村の前を横切って、壁ぎわに座らされていた、マフラーを巻いたくまのぬいぐるみを抱き上げる。なすというのは、ぬいぐるみの名前らしい。確かに、マフラーがなすびの色だ。

くまのぬいぐるみを抱いて部屋を出ていくかと思われた光は、木村の前で足を止めた。

木村があまりに自分を見ていることが気になったのかもしれない。

「おとうさんの友達なの？」

そうだよと答える。

「お父さんに頼まれて、光くんとお母さんが元気かどうか見に来たんだよ」

「ぼく元気だよ」

そう見える。そうか、と木村は頷いた。

「よかった」

本当に、よかった。

「ぼく、重くなったよ」

木村の返事に気をよくしたのか、光は無邪気に話し出した。

ぬいぐるみを高い高いするような仕草をして、口を尖らせる。

「おとうさんにタイジュウケイしてもらいたかったのに」

「体重計？」

「タイジュウケイする？」

木村の返事を待たず、光はくまを横に置いて、両腕を差し出した。

なるほど、と笑って、小さな身体に手を伸ばす。

今自分の手の中にある、これが石田が守ろうとしたものだ。

一番大事なもののために、石田は他のすべてを捨てた。木村も、選ばれず捨てられたものの一つだ。

石田のしたことを正しいとは思えなかった。石田は変わってしまったのかもしれないし、最初から、自分が石田のことを知らなかっただけかもしれなかった。いずれにしても、もう、石田を、前と同じようには見られなかった。木村は石田が怖かった。勝手に裏切られたような気持ちになった。そんな自分には、彼の弁護人でいることさえ、許されないかもしれなかった。

それでもやはり、石田は木村の友人だった。そして石田も、そう思ってくれていると、信じたい。

自分は弁護人としてではなく、友人として、奈々緒たちの力になると、彼と約束したのだから。

(弁護士よりもっと、なりたいものができたんだ)

四年前の、石田の言葉を思い出す。

嬉しそうに、幸せそうに。

夢を諦めるのかと言った自分に、笑顔を向けて、

(弁護士にもなりたかったけど、それ以上に、俺は父親になりたい)

あのとき、石田は、そう言ったのだ。

持ち上げた身体は軽くて、柔らかい匂いがした。

今はここにいない、父親の代わりに抱きしめる。
細い肩は頼りなくて、けれど確かに、温かかった。
心臓の音が聞こえていた。

三橋春人は花束を捨てない

今日、仕事の後、ちょっと話せないかな。

行きつけの弁当屋のレジの前、レシートと釣銭を受け取りながら深浦葵子にそう言われたとき、期待しなかったと言えば嘘になる。

いつもは何でもはきはきと言う彼女が、神妙な顔でこちらの反応をうかがっていて、真剣な話らしいことがわかった。

とうとう自分にもモテ期到来か、弁護士バッジの効果か、と、色々なことが頭を巡る。ロースクールを受験する前、友人に「弁護士になれば女の子はよりどりみどりだ」とうらやましがられていた割には、木村の実生活は地味なままだったので、正直に言って、テンションがあがった。

葵子のことはこれまでそれほど意識していなかったが、好かれているとなると悪い気はしない。

快諾して、弁当屋が閉まる時間に合わせ、近くのチェーンのコーヒーショップで待ち合わせた。

「急に、悪いね。ちょっと、その……聞きたいことがあって」

「いえ……」

葵子はコーヒーのタンブラーを両手で包むように持ち、彼女にしては珍しく言いよどむ。

彼女がわずかにうつむくと、昔交通事故で負ったという頬の傷の上に、サイドの髪がさらりとかかった。

葵子と木村の関係は、弁当屋の店員と常連客以上でも以下でもないが、店員と客の関係になる前に知り合ったので、彼女は木村に対してため口だ。年齢は二つ三つ木村のほうが上のはずだが、なんとなく木村は敬語で話している。今思えば、初対面のときの印象が強烈すぎたからかもしれない。

葵子と木村は職場も近いが、自宅も近所で、ある日偶然帰り道が一緒になったとき、彼女に痴漢と間違われかけたのがきっかけで知り合った。表通りから一本外れた人通りの少ない道で、十分近くついてきた木村を、葵子は街灯の下で問い詰めたのだ。問いただす、というレベルではなく、文字通り詰め寄られて、その迫力に圧され、職場の先輩に見られようものなら「それでも弁護士か」と呆れられそうなほどしどろもどろになった。

帰る方向が同じだけだと必死に釈明し、身分証代わりに弁護士バッジを示し、名刺まで渡して納得してもらった。

誤解が解けてすぐに謝罪してもらったので、わだかまりは残っていない。疑った詫びにサービスするからと言われて彼女の勤める弁当屋を覗いてみて、それから常連客になっている。

そんな彼女が、今日は歯切れが悪い。そのせいで木村のほうも緊張したが、平静を装って彼女が口を開くのを待った。

「あのさ……何か、改まってこんなこと、ちょっと気まずいっていうか、あれなんだけど」

葵子は言いにくそうに視線を泳がせ、一度言葉を切る。それから、意を決したように顔をあげて続けた。

「木村、センセイ。の事務所でさ、離婚とか、親権についての相談なんかも、受けてもらえるのかな」

＊　＊　＊

「葵子さん、結婚してたんですか」

色っぽい話ではなかったとがっかりするより先に、そのことに驚いて訊いた。

葵子は朝早い時間から夜遅くまで、平日土日問わずシフトを組んで働いていて、夫と子どもがいる女性の働き方ではないと思っていたから意外だった。

「あたしの話じゃないんだ。友達っていうか、知り合いの話」

「ああ。……そうですね、それならご本人に話を聞いたほうがいいかもしれません。小さい子どもだと、母親に親権が認められやすい傾向がある、とか、ごく一般的なお話ならできますけど」

最初の一言で、期待したような話ではないらしいことがわかったので、潔く仕事モードに頭を切り替えて話を聞く。考えてみれば彼女が自分に好意を寄せているらしいそぶりなど全くなかったのに、勝手にときめいた自分が馬鹿だったのだ。

聞けば、離婚の相談をしたいというのは、葵子の高校時代の後輩だという。葵子はいかにも後輩に慕われそうな姉御肌で、面倒見もよさそうだと思っていたが、その印象は間違いではなかったようだ。

しかし、個別の事情を聞かなければ具体的なアドバイスはできないし、本人しか知らない事情もあるだろう。一般論を話しても、すべてのケースにそれが当てはまるとは限らない。

弁護士として無責任なことは言えないからと、直接の相談を勧めた。葵子も、もともと紹介だけするつもりだったらしく、「本人に、事務所に行くように言っとく」と頷く。

「弁護士のセンセイのとこで相談に乗ってもらえるならお願いするって、本人も言ってたから。子どものこともあるし、ちゃんとプロに頼んだほうがいいって、何かちょっと無理矢理、あたしが勧めたんだけど」

あたしにはあんまり話してくれないからさ、と、わずかに目を伏せて続けた。真剣に心配していることがわかる。こうしてわざわざ木村に頼みに来たところを見ても、大事な後輩なのだろう。

葵子はそれから、真面目な顔で座ったまま頭を下げ、よろしくお願いします、と言った。

弁当屋の常連客ではなく、弁護士としての木村への言葉と姿勢だった。

お役に立てるよう頑張ります、と木村も背筋を伸ばして答える。

その後輩は平日でも土日でも関係なく、いつでも来所できるとのことだったので、木村の予定が空いている日に事務所へ来てもらうことになった。

本人に予定を確認してからでなくていいのかと訊いたのだが、葵子は、先に予約をとって、外堀を埋めてしまったほうがいいのだ、と言う。

確かに、先輩がわざわざ紹介して予約までとってくれたからには行かなければと思うだろう。しかし、そうやって逃げ道をなくすようなことをしなければならないということは、本人はあまり弁護士に相談することに積極的ではないということだろうか。

葵子の顔を立てて相談には来ても、依頼するには至らないかもしれない、と若干不安になったが、それこそ話してみなければわからないことだ。

そして面談当日、葵子の後輩は時間通りに事務所に現れた。

「ご予約の三橋様がいらっしゃいました」と受付から電話をもらい、木村が席を立つと、

「あれ、木村くん、個人事件？」

近くにいた高塚が、気づいて声をかけてくれる。

「あ、はい。ちょっと知り合いに頼まれて」

葵子の紹介で離婚の相談を受けることになったと話したら、彼は少し黙って、それから、「懲りないね」と言った。

「身内の事件はやめといたほうがいいんじゃないの？」

木村はついこの間、友人の刑事事件にかかわって、痛い目をみたばかりだ。学習しない奴だと呆れられているのかもしれない。

木村としては苦笑するしかなかった。あの事件の後は落ち込んで、高塚にも随分と迷惑をかけたから、こう言われるのも仕方がない。

「今回は民事ですから。葵子さん本人の件じゃなくて、お友達の相談ですし」

「そう？　ならいいけど」

民事事件はある意味刑事事件より、その人の人生に深く踏み込むことになるからね。

そう言って高塚は腕を組んだ。

「まして離婚事件なんて、一番近くにいた者同士で争うわけだから、どろっどろの泥仕合になることもザラだよ。結構体力使うから、覚悟しといたほうがいいよ」

「脅かさないでくださいよ……」

「木村くんの場合、一番気をつけなきゃいけないのは、依頼人に感情移入しすぎることだからね」

心配してくれているのだろう。しつこく念を押されるのも仕方がない、それだけの醜態を晒した自覚はある。

しかし、立ち直ったふりでもしていなければ、本当に立ち直ることもできない。おそらく高塚には見抜かれているだろうが、「肝に銘じます」と笑って答えて、執務室を後にした。

高塚はああ言ったが、依頼人に感情移入すること自体は、悪いことではないはずだと、木村は思っている。依頼人のことをよく知って、信頼関係を築いて、だからこそ親身になれる。それが、木村のあろうとする弁護士像だ。

冬に起こったあの事件のことは、確かに、弁護士としても木村龍一個人としてもショックだった。今も、引きずっていないと言えば嘘になる。しかし、だからといって、それで木村の弁護士としての姿勢が変わるようなことはない。

葵子や、彼女の知人が自分を頼ってくれるなら、役に立ちたい。弁護士として人の役に立つことが、立ち直るための一番の早道のような気がしていた。

とはいえ、知り合いから紹介された客と会うのは初めてで、少し緊張しながら面談室に入る。

薄い茶色の髪をした若い男と目が合って、一瞬、部屋を間違えたかと思った。

しかし、彼は木村を見ると立ち上がり、丁寧に頭を下げて名乗る。

「三橋春人です。よろしくお願いします」

慌てて木村も頭を下げ、挨拶をして名刺を渡した。

間違いではなく、彼が相談者その人らしい。

葵子が気にかけている後輩で、離婚事件の相談者と聞いて、何となく彼女に似たタイプの女性を想像していたが、そういえば男だとも女だとも聞いていなかった。

白い四角いテーブルを挟んで向かい合わせに座り、離婚についての相談と聞いているが、と話を振ると、彼は頷き、

「妻に、恋人がいるようなんです」

と言ってうつむいた。

線が細く色白で、なにやら気弱そうな男だ。

葵子が、多少強引にでも先に予約をとって進めてしまうほうがいい、と言った理由がわかる気がする。相手と戦うために、勢い込んで弁護士に依頼しに来るようなタイプではなさそうだ。

「奥さんのほうから、離婚したいと言われたんですか」

「いえ。妻はまだ、僕には恋人のことを気づかれていないと思っているはずです。でも、僕から離婚を言い出したら、多分、同意はすると思います。僕からはもう、心が離れて

いるのがわかるので……」

妻の浮気に気づいていても、面と向かって追及することもできずにいるらしい。気弱そうという第一印象は間違いではなかったようだ。

「三橋さんご自身も、離婚したいと思ってらっしゃるんですか」

「やりなおして元に戻れるなら、それが子どものためには一番なんだろうとは思います。でも、それは無理だろうとも……」

弱気なことを言いながら目を伏せる。

木村はこれまで何件か、先輩のサブについて離婚事件を手がけたことがあるが、三橋は珍しいタイプだった。

離婚事件の依頼者はたいてい、相手方に対して怒りを抱いている。配偶者に浮気された場合は特にそうだ。しかし、三橋からそういった感情は感じられない。彼からはむしろ、諦めや、途方に暮れている様子が伝わってくる。感情的にならず冷静に話ができるのはいいが、戦う姿勢とは程遠かった。

話を聞く限り、三橋は被害者だ。本来なら、彼のほうが立場的には強いはずだが、彼が自分で妻と交渉をしていたら、おそらく相手に押されて、不利な条件での離婚を受け容れさせられていただろう。

強引にでも弁護士に引き合わせたのは、葵子のファインプレーだ。

「確かに、気持ちをどうこうすることはできないかもしれませんが、奥さんが別れたがっているからといって、それに応じる必要はありませんよ」

まずは安心させるために言った。

「この場合、奥さんは有責配偶者ということになります。家庭を壊した原因が彼女のほうにある以上、彼女からあなたに、離婚を強要することはできません。もし奥さんが、恋人と一緒にいたいから離婚しようと言い出したとしても、三橋さんが離婚したくないと突っぱねれば、離婚する必要はないんですよ」

三橋のほうが、これからどうするかを選べる、強い立場にあるのだと説明する。しかしその助言は、彼の気を楽にすることはできなかったらしい。

三橋は眉を下げて少し笑い、いいえ、と首を横に振った。

「子どもが一番と言いながらお恥ずかしい話なんですが、僕自身も、もう、彼女と夫婦でいたいと思えなくなってしまって——それに」

またいっそううつむいて続ける。

「無理に家族の形を作っても、両親が愛し合っていないと気づいたら、子どもはもっと傷つくんじゃないかと思うので」

親の勝手な言い分かもしれませんが、と自嘲気味に呟いた。

そんなこと、と言いかけて口をつぐむ。彼は気休めを欲しているわけではないとわかっていた。

彼は、離婚してもしなくても、子どもを傷つけるということを理解している。その上で、今のうちに別れたほうが、被害が少なくて済むと判断したのだろう。

夫婦関係はすでに、修復不可能ということだ。

それならば、その事実を前提に、弁護士としてできることをするのが自分の役目だ。

「……お金は、いいんです」

三橋は顔をあげ、木村を見て言った。

「慰謝料をとろうとか、そんなことは考えていません。財産分与の必要があるなら、正当な金額を支払います。でも、親権だけは、ほしいんです」

それが彼の、譲れない部分らしい。

初めてまっすぐに向けられた視線を受け止め、木村は頷いた。それが依頼者の望みなら、木村はそのために全力を尽くすだけだ。

「お子さんは何歳ですか？」

「一歳の女の子です」

「一歳……そうですか」

親権を決めるにあたっては、あくまで子どものために、どちらの親のもとに引き取られるのが良いのかが判断される。有責配偶者であるかどうかはあまり関係がない。

そして、明確な規定があるわけではないが、子どもが小さければ小さいほど、特に女児の場合は、母親に親権が認められやすい傾向にあった。

これは厳しいかもしれないな、と内心思いながら、リーガルパッドにメモをとる。

「お嬢さんの世話は、主に奥さんがされてるんですか？」

「いえ──妻も働いていて、日中はほとんど家にいないので」

「え、そうなんですか」

思わず身を乗り出した。

三橋が言うには、彼の妻、美紅(みく)は、フラワーデザイナーの仕事をしていて、セミナーやら何やらで忙しくしているらしい。もともと社交的な性格なので休日も外出が多く、最近は夜に出かけることも増えたから、なおさら娘と過ごす時間は少なくなってしまっているのだと、三橋は寂しそうに話した。夜の外出というのがつまり、恋人との密会なのだろう。

家事は誰がしているのかと聞けば、家政婦を雇っているという。若い夫婦なのに、三橋家はかなり裕福なようだった。

「三橋さんは、お仕事は何をされているんですか？」

「絵本の絵を描いたりとか……趣味の延長みたいな感じですけど。あとは、株を運用したりしています。今住んでいる家とは別に、両親が残してくれた不動産があって、家賃収入もあるので、それでやっていけています」

不労所得があるとはうらやましい話だ。現在住んでいる家も持ち家ということだから、美紅はかなりの玉の輿(こし)に乗ったということになる。

しかし今重視すべきことは、三橋家の財産のことではなく、別にあった。

「ということは、お子さんと日中一緒にいるのは、三橋さんのほうですか？」

「はい。僕は家で仕事をしているので」

それは三橋にとって、プラスの要素だ。

父親と母親、どちらが親権を持つか、話し合いで決まらない場合は、裁判所が親権者を決めることになる。そして、その場合、「その時点で子どもと生活をともにしている親」が有利になる。離婚という親の都合が、子どもの成育環境に与える影響を、できる限り小さくしようとの配慮からだ。

いつも子どもの世話をしているのが三橋のほうなら、それは親権争いにおいて有利な事実だった。それに三橋は離婚後も、子どもと一緒に過ごす時間を多くとれ、収入も安定している。

（いけるかも）

男親は親権争いにおいて不利、という一般論を覆して、勝てるかもしれない。

「両親が離婚するのに際して、子どもの環境をなるべく変えないようにというのが、裁判所の考え方なんです。だから、離婚の前から夫婦が別々に暮らしているような場合は、そのとき子どもが一緒にいるほうの親に、親権が認められやすい傾向にあります」

大事なことだ。三橋の目を見て、ゆっくり説明する。

「たとえば、美紅さんが、お子さんを置いて家を出てしまった……というような事情があれば、三橋さんのほうに親権が認められる可能性は高くなります。お子さんを置いて出た、ということ自体、美紅さんに子育てをする気がないということにもなるでしょうし、お子さんにとっては三橋さんと一緒にいるという環境が当たり前になっているのに、いまさら三橋さんから引き離すべきではないと考えられるからです。もちろん、それだけで確実に親権をとれる、というわけではありませんが」

三橋は、黙って、神妙な顔で聞いている。

「まだ美紅さんと離婚の話はしていないんですよね。だったら、いざ離婚となったとき、三橋さんが親権をとれるように、今のうちから準備をしておく必要があります。それから、もし美紅さんが離婚を渋っても離婚できるように、そちらの証拠集めも並行して行ってください」

スムーズに離婚するためにも、親権をとるためにも、有利な事実を積み重ねて、その証拠を集めておくことが重要だ。それを丁寧に、説得するように話した。親権をとるためには、三橋自身に戦う覚悟が必要だった。

「離婚に関しては、夫婦がお互いに同意すればできますが、美紅さんのほうが拒否した場合のことを考えて……それから、有利な状況で離婚するためにも、美紅さんの不貞行為の証拠を集めておくんです。親権に関しては、お子さんは三橋さんに引き取られたほうが幸せだと、裁判所が判断するような要素を積み重ねていくこと。お子さんは三橋さんと二人の生活で安定しているという、既成事実を作っておくことです」

三橋は頷いたが、その後で何か言いたげに視線を彷徨(さまよ)わせる。

少しの逡巡の後、

「……あの、離婚したいとか親権がほしいとか、相談に来ておいてこんなこと言うのは、勝手なんですけど……」

言いにくそうに口ごもった。それから、木村とは目を合わせないままで続ける。

「桜の……娘の親権をとるために、必要なことは何でもするつもりです。でも、できる限り、妻のことも、傷つけずに解決したいんです。できるだけ、話し合いで……あまり、追い詰めるようなことはしたくないんです」

心が離れてしまったとはいえ、今はまだ夫婦ですし、桜の母親なので。

そう言って、辛そうに目を伏せる。

傷つけられたのは自分のほうだろうに、とことん、争いには向いていない性格らしい。

「もちろん、必要以上に、美紅さんを攻撃するようなことはしません」

弁護士を立てて妻と争う、ということ自体に及び腰になってしまってはいけないと、慌てて言った。

「でも、証拠集めは、必要なことだと思ってください。本当にそれを使う必要があるか、使うとしてどう使うかは、また相談すればいいですし……話し合いでは合意に至らなかった場合の、保険のようなつもりで」

先輩弁護士たちに聞かれたら、甘いとか勝つことを第一に考えろとか、叱られるかもしれないが、依頼人の望みが最優先だ。とれる慰謝料をとらなくても、しなくていい財産分与をしてでも、穏便な解決を三橋が望むなら、そうするべきだと木村は思っている。

しかし、三橋の一番の、そして唯一ともいえる望みである親権をとるためには、甘いことなど言っていられない。三橋自身が、それを理解する必要があった。

「美紅さんを気遣うのは、悪いことではありません。でも、そのために親権をとられてしまったり、離婚の協議がずるずると長引いたりしては、本末転倒ですから」

「……そうですね」

三橋は、少しの間沈黙していたが、やがて、ゆっくりとそう応える。

争いを厭う、眉を寄せた表情から、何かを決意するような目に変わっていた。

「妻以上に、娘への影響をできるだけ少なくしたいというのが、一番です。桜はまだ一歳ですが、両親が争っていることを、感じとらないとも限らないので……子どもは、敏感ですから」

「そのためにも、争いを長引かせないことが重要ですね。準備を万全にして、できる限り早期の解決を目指しましょう」

三橋は、無言のまま頷いた。

その表情は真剣で、木村の説明を理解しているらしいことがわかる。気弱で頼りなげに見えたが、唯一譲れないもののために、必要なことをする覚悟はできているようだった。

「法廷で争ったり、裁判所の判断を仰ぐようなことには、もちろん、ならないほうがいいんです。でも仮にそうなったら、そこからは証拠の勝負になります」

素直な依頼人でよかったと、内心ほっとしながら続ける。

「裁判になっても勝てる、そういう証拠を集めておけば、交渉段階でも有利に話を運べます。争っても無駄だと奥さんが思えば、すんなりこちらの提案を受け入れてくれるかもしれません」

三橋はもう一度頷いて、まっすぐに木村を見た。

「わかりました。たとえばどういう証拠があればいいでしょうか」

「たとえば、美紅さんと不貞相手の間でやりとりしたメールやSNSとか、美紅さんが不貞行為を認める発言の録音とか、そういうものです。不貞行為の証拠なら、同居中のほうが入手しやすいでしょうから、今のうちに探しておいてください。証拠が集まったら、私から美紅さんに、三橋さんの離婚の意思を伝えることになりますが……美紅さんが感情的になるかもしれませんから、通知を送るのは、別居してからのほうがいいですね」

離婚すると決めたなら、交渉は弁護士に任せてもらったほうがいい。本人同士で話す場合より相手も冷静になるし、有利に事を運べる。

弁護士を間に立てて、本人同士は顔を合わせないようにすることで、本人にかかるストレスもかなり軽減されるはずだった。

しかし、本人同士では直接話さないようにと言っておいても、同居していればそういうわけにはいかないだろう。弁護士の目の届かないところで、本人同士で話がこじれてしまうと、いつまでたっても解決しない。

実体験に基づく助言かどうかは知らないが、受任通知を送るなら可能な限り夫婦が別居してからにしろと、先輩弁護士が教えてくれた。

これにも三橋は素直に頷く。

「絵を描くときにときどき使っているアトリエがあるので、準備ができたら娘を連れてそちらに移ります。ワンルームマンションなのでバストイレもついていて、住むのに不自由はありませんから」

三橋が仕事場まで持っているという事実と、彼のほうから積極的に具体的な提案をしてきたことの両方に少なからず驚きながら、それは表には出さず、いいですね、と言葉を返した。

思っていた以上に、三橋は、現実を理解しているようだ。

おっとりして見えても、必要なことは何でもすると言った言葉に偽りはないらしい。

「まずは美紅さんの携帯電話などから、不貞行為の証拠を集めてください。見つからないようなら、不貞の有無を口頭で確認して録音したものでも証拠になります。証拠が集まって別居の準備ができるまでは、弁護士に相談していることや、真剣に離婚を考えていることは、秘密にしておいたほうがいいですね。美紅さんが警戒すると、なかなか証拠もつかめなくなるでしょうから」

「わかりました」

答えながら、三橋はちらりと腕にはめた時計を見た。

時間を気にする様子に、お時間大丈夫ですか、と声をかけると、

「すみません、娘を預けているので気になって……」

葵子さんに、と申し訳なさそうに笑って言う。

「弁護士さんまで紹介してもらって、本当に、足を向けて寝られません」

眉が下がった緊張感のない笑顔は、情けないが、どこか構いたくなるような魅力があった。葵子が世話を焼いてしまうのもわかる。微笑ましいような気持ちになって、木村も少し笑った。

「葵子さんとは、高校の先輩後輩なんですよね。昔からあんな感じだったんですか？　姉御肌というか」

「はい。昔から、困ってる人を放っておけない性格で……僕は助けてもらってばかりです」

言いながら、懐かしそうに目を細める。

「初めて会ったときも、僕が校舎裏で先輩に絡まれてたのを助けてくれたんですよ。かっこよかったなあ」

普通それは逆なんじゃないのか、と思ったが、容易にその様が想像できる。

葵子さんらしいですねと木村が言うと、三橋はにこにこと頷いた。

「自分でアルバイトして貯めたお金でバイクを買って、びゅんびゅん乗り回してて、僕はずっと憧れてました。僕も免許とろうかなって言ったら、事故起こすに決まってるからやめろって言われましたけど」

共通の知人に関する会話で、少し距離が近くなった気がした。

和やかな雰囲気のまま、今後の流れや費用の説明をし、受任を相手方に伝えるのは証拠集めや別居の準備が整ってからにすることを再度確認して、初回の面談を終える。

三橋は立ち上がり、よろしくお願いしますと丁寧に頭を下げた。

顔をあげ、またご連絡しますと言って歩き出したとたん、バランスを崩してがくんとつんのめる。

見ると、三橋のゆったりとした上着の裾がテーブルの角に引っ掛かっていた。

照れ笑いで上着の裾を外し、もう一度ぺこりと頭を下げる三橋を、エレベーターホールまで案内し、扉が閉まるまで見送る。

どうにも頼りないが、きっと、子どもにとっては、優しい、いい父親なのだろう。

彼となら、たとえ母親がいなくても、子どもは幸せに暮らせるはずだ。

(俺の、初めての離婚案件の単独受任だ)

責任は重大だった。

争いごとに向いていなそうな彼が、子どものために戦う決意をしているのだから、自分がしっかりサポートしなければ。

改めて気合を入れ直し、エレベーターホールを後にした。

＊　＊　＊

のんびりしていそう、という印象に反して、三橋はすぐに行動を開始した。木村の助言に従って、妻には何も言わずにアトリエに移る準備を進め、妻の素行を調査する探偵も雇ったという。調査結果は先生の事務所に届くようにしてありますと、面談の翌々日には連絡があった。

「へえ、優秀な依頼者だね。レスポンスが早くて、指示に従ってすぐ動いてくれる」

先輩弁護士の高塚が、三橋からのメールの表示された、木村のモニターを覗き込みながら言う。

肩越しに振り向いて、そうなんです、と相槌を打った。

「会うと、ゆったりというか、おっとりした感じなんですけど。それだけ親権をとりたいって気持ちが強いんだと思います」

「受任通知送ったの？」

「週明けには送ります。証拠も集めてくれているみたいですし、明日から別居を開始するそうなので」

仕事のためにしばらくアトリエに行く、桜も連れていくから大丈夫、と伝えると、妻の美紅は何も疑わず了承したそうだ。むしろ恋人と会える機会が増えて喜んでいるのかもしれない。

（これから離婚と親権の話し合いをすることを考えれば、いいことなのかもしれないけど）

まだ結婚して二年だというのに、娘が生まれてたった一年しかたっていないというのに、もうすっかり気持ちが離れてしまっているというのは何だか悲しい。

思ったことが表情に出ていたのか、高塚に慰めるように肩を叩かれた。

「離婚事件を何件もやってると、結婚に夢も希望もなくなるよね。あんまり感情移入しすぎないのが長続きのコツだよ」

高塚も独身だが、言うほど結婚に夢を見出しているようには見えない。

依頼人の感情に引きずられることなく、客観的に物事を見ることのできる彼をうらやましく思うが、経験の差か性格の問題か、木村は高塚のようにはできなかった。

「結婚するのが早すぎたんですかね。時間をかければいいってものでもないんでしょうけど、スピード結婚の、スピード離婚なので……なんだかもやもやしてしまって」

三橋夫妻の結婚は二年前、大学を卒業してすぐだった。友人に紹介され、数人での飲み会の席で会ったのが最初だそうだ。

妻の美紅は社交的な性格だと聞いていたが、三橋から聞いた二人のなれそめとなるエピソードも、それを裏付けるものだった。

「飲み会で一度会って、連絡先を交換して、何日かしたら急に、飲み会帰りの彼女が三橋さんの自宅に押しかけてきたんだそうです。今から行っていい？って連絡が来て、なんだろうと思いながらいいよと返事をしたら、酔っちゃったーとか言いながら」

「割とよくあるというか、古典的な手だね」

「で、押し倒されてあれよあれよという間にそういう関係になったとか……いわゆるオツキアイというものを経ることもなく」

「肉食系の女子においしくいただかれちゃったわけね」

それをきっかけにつきあい始め、妊娠したと言われて結婚した。入籍した後で、妊娠は間違いだったとわかったというのがまた、同じ男としては同情を禁じえない話だ。

高塚も、聞くなり「いやそれ彼女の策略でしょ」と呆れた声を出した。

「いくらなんでも、簡単にだまされすぎだよその人」

「俺もそう思ったんですけど、っていうかつい口にも出しちゃったんですけど、三橋さんはあんまり気にしてないっていうか……でもいいんです、その後で本当に桜を授かったんですから、とか言ってて」

経験値の低さと人の良さにつけこまれた、という印象だったが、三橋本人が納得しているのなら、他人が口を挟むことではない。しかし、それにしても人がよすぎるのではないかと思うのだ。

「その挙句（あげく）に美紅さんはよそに恋人を作って、一歳の娘を三橋さんに任せきりにして遊びまわっているっていうんですから……」

「確かに、弁護士がつかなきゃ、あっさり相手方に言いくるめられちゃいそうだね……これファイル？」

木村のデスクから、「三橋春人」とラベルの貼られたファイルを取り上げ、高塚は眉を寄せる。

「三橋……三橋春人……なんか聞いたことあるなあ」

しかし、結局思い出せなかったらしく、「まあいいや」とあっさり諦めてファイルを戻した。

「けど、そういう相手方ならさ、受任通知送る前にしばらく泳がせてみたら？　夫が家を出ている間に、彼氏連れ込むくらいしそうじゃない。そしたら決定的な証拠を押さえられる」

「……よくそんなこと思いつきますね」

さすがというべきか。

半ば呆れ、半ば感心して見上げると、高塚はこともなげに「普通だよ」と肩をすくめる。

「酔ったふりして押しかけて既成事実作ったり、子どもができたって嘘ついて結婚したり、まあ玉の輿に乗るためって思えば必死で可愛いもんだけどね。そういうことする女なら、読みやすいし、やりやすいよ」

「そう……なんですか？」

したたかで、交渉するにあたっては手強い相手のように思えるが。

百戦錬磨の先輩ならではの助言を期待して、椅子ごと彼のほうを向いて仰ぎ見るが、タイミング悪く彼は別件で事務員に呼ばれてしまった。引きとめるわけにもいかない。高塚の抱えている仕事量もその内容の複雑さも、木村のそれとは比べものにならないのだ。

事務員に、すぐ行く、と手をあげて応え、歩き出しながら、高塚は振り向いて木村に言った。

「損得で動く相手はなんとでもなるってこと」

じゃ、頑張って。

ついでのように付け足して、颯爽と歩き去る。

背筋の伸びた高価そうなスーツの後ろ姿は自信に満ち溢れていて、色々な意味でうらやましい。

先輩を見送った木村が椅子を回し、手元のファイルに向き直ったとき、別の事務員が、受付からの電話の受話器を片手に木村を呼んだ。

「木村先生、お弁当の配達頼まれました？」

「あ、はい！　俺出ます」

葵子の店に弁当を注文していたのだった。

執務室を出て受付前へ行くと、白いレジ袋を提げた葵子が立っていた。まいど、と微笑む彼女に礼を言って、五百円玉と引き換えに弁当を受け取った。

弁当一つでも、嫌な顔ひとつせず配達してくれるのは助かる。まいど、と微笑む彼女

「三橋のこと、どうなってる？」

「守秘義務があるので教えられませんよ」

苦笑してそう答えると、そっか、そうだよな、と葵子も笑う。

「あいつの力になってやって。……よろしくお願いします」

思い出したようにかしこまった言葉遣いになるのが、なんだか可愛らしくて微笑ましい。

「ずいぶん親身なんですね」

最初に相談を持ち掛けられたときから感じていたことを、思わず口に出してしまった。

「そうか？」

「長いつきあいだそうですし、よほど親しいのかなと思って」

木村の言いたいことを感じとったのだろう、葵子は「変な勘繰りはやめてくれよ」と顔をしかめた。

「弟みたいなもんだよ。何かぼんやりしてるから、ほっとけないっていうかさ」

「高校生のとき、絡まれてたのを助けたって聞きましたけど」

「ああ……何か校舎の裏で絵を描いてるときに、二年生にちょっかいかけられててさ。

あいつお坊ちゃんだったし、ぽやぽやしてるから、よく絡まれるんだよな」

校舎裏で絵を描いているという時点で、いじめてくれと言っているようなものだ。

しかし三橋からは、いじめられっ子、という印象は受けなかった。頼りなげで、おっとりした雰囲気ではあるが、陰気ではないし、おどおどしているわけでもない。虐げられて息をひそめてきた人間特有の気配がなかった。葵子が守ってやっていたからかもしれない。

「でも、すげえきれいな絵を描くんだ。特に人物、子どもの絵とかほんとよくて、幸せになる絵っていうか」

話しながら、葵子の表情がぱっと変わった。大好きなものの話をする人間の顔だ。そうなんですか、と相槌を打ちながら、内心、お、と思う。

「そういえば、絵本の絵を描く仕事をしていると聞きました」

「うん。最初見たときは感動っていうか、胸があったかくなる感じだったけど、大人になってから見ると、なんか泣けてきちゃうんだよな。ただうまいってだけじゃなくて、ああいう絵が描けるっていうのはすごいことだと思う。描く人間の人間性っていうか、人に対する愛情みたいなのが滲み出てるんじゃないかな。あいつ、昔から子ども好きだったし」

そこまで言って、三橋の現状に思いが至ったのか、表情を曇らせた。

「だから、自分の子どもができたときはほんと喜んでたんだ。……あったかい家庭を作るのが夢だったのに」

　うつむいて、自分のことのように辛そうに唇を歪める。

「あいつはいいやつだから、奥さんのことも大事にしてたはずだと思うけど、どうして離婚なんてことになったのかな……」

　葵子は、美紅に恋人がいることは知らないらしい。三橋は彼女に離婚を考えていることは話しても、その原因についてまでは伝えなかったようだ。

　三橋の性格を考えれば、それも納得できる。

　少しの間黙っていた葵子は、やがて顔をあげて言った。

「夫婦が元に戻るのは無理でもさ、あいつが子どもを取り上げられないようにしてやってよ」

　夫婦のことには踏み込めないが、せめて、三橋が一番大切な幸せを手放さないで済むようにと。

　弟のような後輩を心配しているだけ、のようには見えない。

（ほんとは、葵子さん、三橋さんのことが好きなんじゃないですか）

　そんな「もしかして」が浮かんだけれど、口には出さず、

「全力を尽くしますよ」

　弁護士として答える。

　葵子は安心したように笑った。

「お湯注ぐだけの味噌汁、つけといたから。サービス」

照れ隠しのように早口で言うと、「まいどあり」ともう一度頭を下げて、彼女は弁当屋の仕事へと戻って行った。

＊　＊　＊

三橋が雇った探偵から、厚みのある封筒が届いた。中身は、三橋美紅の行動の報告書と、証拠写真だ。きちんとファイルに綴じてある。ラブホテルに入っていく男女の後ろ姿、出てきたところも、腕を組んで歩いているところも、ばっちり写っていた。

美紅の携帯電話にはロックがかかっていて、メールなどを見ることはできなかったそうだが、この写真があれば不貞行為の証拠としては十分だ。

ファイルの一ページ目に貼られた写真の中では、小柄な女性が、革のジャケットを着た男に寄り添って笑っている。

（これが三橋美紅か）

華奢(きゃしゃ)で、少女のような雰囲気の女性だった。もっと派手な女性を想像していたのだが、実物は三橋の隣に並んだらさぞ似合いだろうと思える、ふんわりと柔らかく可憐(かれん)なルックスだ。

幼い子どもを置いて、恋人と遊び歩くようなタイプには見えない。

（でも、一週間で二回のデート……この日なんか真っ昼間だ）

報告書には、美紅が恋人とホテルに入った日時もきっちり書きこまれている。

三橋には、仕事だと言って家を出ているのだろうことを思うと――そして三橋が、事実に気づきながら何も言わず彼女を送り出しているのだと思うと、やるせない気持ちになった。

「これ、例の美紅さん？　何か可愛いね、意外」

デスクに向かって報告書をめくっていると、高塚が後ろから覗き込んでくる。

お疲れ様ですと声をかけて椅子ごと振り返り、読みかけの報告書を手渡した。

「今日、三橋さん来るんです。そのとき、これを見せなきゃいけないんですけど、やっぱり気が重いですよ。わかってたこととはいえ」

「離婚事件だからね、仕方ないよ」

高塚はぱらぱらと報告書をめくっていたが、ああそうだ、と顔をあげる。

「そういえば思い出したよ、三橋春人。大分前だけど、弁護士会の無料法律相談で担当したんだ。一回きりの相談で、受任には至らなかったんだけどね。何か聞き覚えあるなーって未受任案件のファイル調べてみたら、法律相談の受付カードに名前があった」

「高塚さん、無料相談なんかやってたんですか」

「弁護士会に睨まれたくないしね。たまにはね」

やっぱり離婚と親権に関する相談だったみたいだよ、とファイルに目線を戻しながら言う。

「妻の不貞が原因の離婚の場合親権はとれるのかって相談、そういえばあったなーって、うっすら思い出したよ。正式に受任したわけじゃないし、簡単な助言をして終わったんだったと思うけど」

金にならない仕事はしないと公言している彼が、弁護士会のボランティアに参加していたことにも驚いたが、それ以上に引っ掛かったのは、三橋が木村のところへ来る以前に、弁護士に相談をしていたということだ。それも、高塚がすぐには思い出せなかったほど前に。つまり、葵子に相談を勧められる随分前から、三橋は妻のことで悩んでいたということになる。

「大分前、ってどれくらいですか？」

「さあ、一……二年くらい前だったかな」

「そんなに……」

三橋夫妻は結婚して三年、子どもが生まれて一年だったはずだ。

それでは美紅は、結婚直後から、不貞をしていたのか。そして三橋はそれに気づいて、ずっと悩んでいたのか。

打ち合わせに現れた三橋は、娘の桜を連れていた。

「葵子さん、今日は昼間のシフトなのでお願いできなくって」

申し訳なさそうにベビーカーを面談室の端へ寄せながら頭を下げる三橋に、かまいませんよ、と首を振る。

桜はすやすやと眠っていて、面談の邪魔になることもない。三橋はもう一度「すみません」と頭を下げると、桜の寝顔が見える位置の椅子を引いて座った。

「興信所から、美紅さんの不貞調査の結果報告が届きました。これが写真です」

テーブルの上で報告書を開き、三橋にラブホテルの前にいる二人の写真を示す。

桜を起こさないように、いつもより少しだけ声を小さくした。

「この男が、美紅さんの不貞相手のようです。見覚えはありますか？」

三橋は少し身体を乗り出すようにして、写真を覗き込む。そして頷いた。

「はい」

ノーを想定しての質問だったのに、意外な答えが返ってきて、反応が遅れる。

「……えっと、この人をご存じなんですか？　お知り合いですか？」

「はい。大学時代の友人です」

三橋は、驚いているようには見えなかった。

彼は妻だけでなく、友人にも裏切られていたことになるが、特別ショックを受けた様子もない。ただ静かに、事実を受け止めているようだった。

「もしかして、相手が彼だということにも気づいていたんですか」

「確信があったわけではないんですけど……薄々は」

やっぱりそうでしたか、と、小さくため息をつく。

もっと憤慨していいはずなのに、彼は諦めたような表情だった。それで、確信を持った。三橋にとって、美紅との離婚は、昨日今日考え始めたことではない。彼はもうずっと長い間、悩み続けてきたのだろう。

「もしかして、美紅さんの不貞行為は、かなり前からなんじゃないですか」

木村の問いかけに、三橋はうつむきかけていた顔をあげ、わずかに眉を寄せる。

「智樹（ともき）と……この写真の彼と会い始めたのは、ここ数ヵ月のことだと……」

「ここへいらっしゃる随分前に、弁護士会の無料相談を受けてらっしゃいませんか」

どうしてそれを、というように、三橋の目が木村を見て瞬いた。たまたま小耳に挟んだものですから、と木村が付け足すと、三橋は観念したようにうつむいて、はい、と答える。

「以前の浮気は、別の相手だったと思います。僕が気づいた以外にも、もしかしたらあったかも……」

「ずっと我慢していたんですか」

これにも、小さく頷いた。

「今度は友人だったので、さすがに……もう、続けられないと思いました」

ひどい話だ。人間不信に陥ってもおかしくない。なぐさめる言葉を探して、やめた。

それは弁護士の仕事ではない。

(プロなんだから)

仕事をしなければ。

「ご友人なら、彼の身元はわかっているわけですから、不貞相手としての彼に慰謝料請求することもできますが」

「それは、考えていません」

三橋はきっぱりと言って首を横に振った。

「だって、僕も悪いんです」

「どこがですか!」

プロに徹しようと決めた矢先だったのに、思わず口に出してしまう。

驚いた顔の三橋と目が合って、しまった、と思ったが、三橋は笑ってくれた。ありがとうございます、でも、本当なんです――と言って。

「僕は彼女を愛していなかった。妻として大事にしましたが、そもそも、恋に落ちて結婚したわけじゃなかった」

「でも、それは……」

仕組まれた、言ってみればだまされての結婚だったのだから仕方がない。木村はそう言いかけたが、三橋はゆるゆると首を振ってそれを否定する。

「彼女は安定や贅沢(ぜいたく)な暮らしのために結婚という制度と僕を利用したけど、それはお互い様なんです。僕は早くに両親を亡くして、自分の家庭がほしかった。『妻と子との、幸せな家庭』がほしくて、そのために彼女を利用したんです」

　利害が一致して、彼女の策略に乗ったということか。

　彼の告白に、どんな言葉をかければいいのかわからなくて、木村は黙った。

　それでも、三橋が彼女と幸せな家庭を作りたいと思って結婚したことには間違いないのだから、最初の時点で彼女に対して恋愛感情がなかったことを不誠実だと悔いる必要はない気がするが、三橋にとってそれは負い目であるらしい。

　真っ直ぐに木村の目を見て、迷いない口調で言った。

「美紅からも、慰謝料はいりません。結婚の失敗は、お互いの責任だと思うから。できるだけきれいに、これ以上お互いと桜が傷つかずに別れることができれば、それでいいんです」

　依頼者の希望には、弁護士としてきちんと応じなければならない。木村も姿勢を正し、三橋を見返して「わかりました」と頷いた。

「でも、慰謝料を請求するしないは別としても、その権利があるという事実自体が、三橋さんにとって有利な事情です。本来請求できる慰謝料を請求しないかわりに争わずに親権を渡してほしい、というように、交渉の材料にはさせてください」

「お任せします。よろしくお願いします」

　姿勢よく背筋を伸ばしたままで、丁寧に頭を下げる。

　その表情も声も揺らがなかった。しかし、だからといって、彼の中に揺らぎがないということにはならないと、木村は知っていた。

こうして打ち合わせを重ねて、何度も話をするのは、有利に交渉を進めるための作戦を立てたり証拠集めをしたりすることだけが目的ではない。

相手と戦う武器を用意して、戦略を立てて、そうすることで、心の準備をするのだ。戦う覚悟はできていると言葉や態度に出すことで確認する。これから戦うのだということ、相手が、倒すべき「敵」なのだということ。

こうして何度も繰り返して、戦いが始まれば直面することになる現実に、備えるのだ。

(二年の間夫婦として過ごした相手と、戦うなんて)

とうに諦めたつもりでいても、心が完全に離れていても、ストレスを感じないはずがなかった。

きっと、どれだけ覚悟をしても足りない。

その負担を軽減するのも弁護士の仕事だが、弁護士にできることは限られている。戦いに勝っても、三橋が今以上に傷つくのは間違いなかった。

(そのとき支えてあげられるのは、弁護士じゃないんだ)

葵子の顔が頭に浮かんだ。

あなたのことを心配している人、お金とか安定とかそんなことは関係なく、ただあなた自身を見ている人が、近くにいると思います。

そう言えたらと、一瞬頭に浮かんだ馬鹿な考えを振り払う。

それを彼に教えるのも、弁護士の仕事ではなかった。

＊　＊　＊

仕事が終わり、外で何か食べて帰ろうかな、と思いながら帰り支度をしていたら、葵子から電話がかかってきた。

『三橋って、今、奥さんと別居してるのか？』

挨拶もなく、いきなり、切り込むような第一声が耳に飛び込んでくる。

「葵子さ……」

『三橋の家に、男が来てた。車で。三橋の奥さんと会ってた』

こちらの呼びかけを遮って、硬い声で続けた。

木村は息をのみ、それから、弁護士としての役割を思い出す。

別居中に美紅が恋人を家に呼んでいたなら、三橋にとって有利な事実だ。高塚の言ったとおりだった。日時と場所を特定できるのもいい。交渉材料にしやすい。

「今、そこにいるんですか。写真撮れますか？」

『もう、そいつの車に乗ってどこかに行ったよ。帰ってきたときなら撮れると思うけど』

葵子の声は、低く、重い。

『あれが離婚の原因なのか?』

まずいな、と直感する。

意識して感情を消しているような低い声から、押し殺した怒りを感じた。

「葵子さん、俺、すぐ行きますから。待っててください。美紅さんが帰ってきても、声かけたりとかは、しないでください」

気は急いたが、葵子を落ち着かせるため、丁寧に言い聞かせる。

電話を切って、すぐに事務所を出た。

恋人と出かけたのなら当分帰っては来ないだろうが、万が一美紅と葵子が鉢合わせしたら大変なことになるかもしれない。葵子はきっと傷つくし、三橋もそんなことは望んでいないだろうし、何より、交渉を有利に運ぶために立てた作戦が無駄になる。

タクシーを飛ばして、三橋に書いてもらった相談受付カードの住所へ行くと、葵子がぽつんと表札の前に立って待っていた。

一人だ。ほっとして駆け寄る。

電話口では怒っている様子だったが、待っている間に頭が冷えたのか、今はなんだか、迷子のような顔をしている。

「葵子さん、ごはん食べましたか。俺、牛丼か何か食べて帰ろうって思ってて。つきあってくれませんか」

子どもに対するような口調になった。馬鹿にするなと怒られるかと思ったが、葵子はこくんと頷いただけだった。

「三橋はさ、家族がほしいって、高校のときから、ずっと言ってた」

レディース牛丼を半分食べたところで、葵子が口を開いた。

チェーンの牛丼屋の、狭いテーブル席に、向かい合って座り、少しの間お互い黙々と箸を進めた後だった。

木村も箸を止め、葵子を見る。

「お母さんは小さいころに亡くなって、お父さんと一緒に住んでたけど、お父さんも中学のときに亡くなったんだって。両親は二人ともお金持ちだったらしくて、土地とかお金とか相続して生活には困らなかったし、親戚も助けてくれたけど、でも、自分の家族っていうものがない状態で、何年もいたらしくて」

人当たりがよくて、誰とでもそれなりにうまくやれていたけれど、その割に、一人でいることが多かったな。そう言って、葵子は薄い味噌汁をすすった。

温かい汁物の椀を両手で包み込むようにして、テーブルの上に置き、黙り込む。

「やっと、新しい家族を作れたのに……なんでだろ。誰が悪いってわけじゃないのかもしれないけどさ、でもやっぱり、納得いかないよ。奥さんを責めたって仕方ないのはわかってるけど」

沈黙の後、ようやく口を開いた彼女の唇は、悔しげに歪んでいた。

「そんな風に思ってくれる人がいるだけで、救いになってますよ。きっと」

木村がそう言うと、「あたしには何もできないよ」と首を振って、葵子は食事を再開する。

木村は手を止めて、たった今まで泣き出しそうな顔をしていた彼女の、頑(かたく)なな顔を眺めた。

葵子が自分のことのように三橋を心配して、現況を憂(うれ)いていることは明らかなのに、彼女はまるで、自分が「それ」の外側にいると、ことさらに強調しているかのようだった。

自分自身にも、言い聞かせるように。

「三橋さんに、好きって言わないんですか?」

思わず訊いていた。

葵子が箸を止める。

弁護士としては不適切な発言かもしれないが、我慢できなかった。

「これから三橋さんには、支える人が必要になるはずです」

怒り出されても仕方がない発言だったが、葵子は目を丸くして、それから、「センセイはいい人だなあ」と笑った。

「でも、ダメだよ。あたしはこんなだし」

頬の傷を撫(な)でて笑顔のまま目を伏せる。

「あたし、子ども産めないんだ。昔バイクで事故ったことがあって、この顔もそのとき。腰と腹にもでっかい傷があるよ。非行歴もあるしさ。あいつにはふさわしくないよ」

「三橋さんは、そういうこと、気にするようには見えないですよ」

葵子のことを話すときの、三橋の顔を見ればわかる。

「あいつもそう言ってくれたよ。ずっと前だけど」

さらりと言われて、木村は黙った。

そんな木村に、葵子はまた笑って続ける。

「でも、あたしが許せないんだ。三橋はもっとちゃんと、幸せにならなきゃいけない。あいつは可愛い奥さんと、可愛い子どもと、幸せに暮らすんだ」

そこまで言って、三橋の現状に思い至ったのか、そうなるはずだったのにな、と呟く。

誰より彼の幸せを願っているのに、その幸せに自分が含まれることなど、葵子は考えもしていないようだった。

彼女ならきっと、三橋を裏切るようなことはしなかった。たとえ子どもがいなくても、幸せな家庭を築けただろう。

彼の幸せを願うなら、彼女が進み出て、彼の手をとって、彼を幸せにしてやればよかったのに。

そうしなかった理由が、木村には理解できなかった。

どれだけ話しても、理解できそうになかった。

「センセイ、来てくれて、話聞いてくれてありがと。さっきはかっとなったけど、もう頭冷えたよ。邪魔してごめん」

もうおとなしくしてるよ、あたし、部外者だもんな。

そう言って葵子は、また笑った。

＊　＊　＊

葵子が、不貞相手と会っている美紅を目撃して連絡してきたことを伝えると、三橋は、

「そうですか」と眉を寄せた。

「きっと驚かせちゃいましたね。妻に恋人がいることは、話していなかったから……」

かっとなった葵子が美紅に詰め寄るのではないかと心配で、木村が彼女を迎えに行ったということは伏せておいた。結果的には何ごともなかったのだから、わざわざ心配させる必要もない。

「葵子さん、三橋さんのこと、気にしてました。三橋さんは幸せにならなきゃいけないのにって」

「あの人、いつもそれ言うんです」

三橋が苦笑する。

「昔からそうでした。優しくて、自分のことより、他人の幸せばかりを考える」

他人じゃなくて、あなたの幸せですよと、言えないのがもどかしい。

葵子が言わないのに、自分がそれを彼に伝えてしまうのはフェアではなかった。

「葵子さんこそ、幸せになるべきなのに……あたしはいいよって、そんなこと言うんです。そういうところ頑固なんです、僕が何言っても、聞いてくれなくて」

仕方ないなあと、諦めながら慈しむような目に、あれ、と思う。

この表情は、知っている。愛おしい、けれど手に入らないもののことを思うような——三橋のことを話すときの葵子と、同じ表情だ。

「ずっと前、葵子さんに告白したことがあるんです。あ、もちろん、結婚前の話ですよ」

でも、断られました、と、眉を下げた情けない笑顔で頬をかく。

「おまえはもっと、ちゃんと幸せにならなきゃだめだって。僕は好きな人と一緒にいられれば、それだけで幸せだったのに、聞かないんです」

「……三橋さん」

「おまえが幸せになれば、あたしも幸せだ、なんて言うんです。ひどいでしょ?」

珍しく饒舌な三橋は、どこか無理をしているように見えた。

笑いながら話しているのに、見ているのが辛くなる。

三橋は肩をすくめて笑い、右手で顔を覆った。

「だから僕は、幸せになろうと思って。頑張ったんですけど……ああ、本当に、僕はひ

ど い奴ですね」

葵子さんよりずっと、ひどいですね。

天罰が下っても、仕方ないですね。

そう繰り返しながら、手のひらの下から見える口元は笑っていたが、彼はいつまでも、目元を隠した手を離そうとしなかった。


僕も悪いんですと言った、あのときの三橋の言葉の意味——幸せになるために美紅を利用したのだと懺悔した、その意味が、今ならわかる。

美紅には一週間ほど前に受任通知を送ったが、反応はないままだった。

(もう、通知自体は届いてるはずだけど……争う気かな)

調停で話がまとまればいいが、離婚原因の有無を法廷で争うとなると時間がかかるし、本人たちの負担も増える。

何より心配なのは、親権だ。離婚はともかく、親権に関しては、三橋が勝てる保証はない。

そして、娘を大事に思い、娘に影響が出ないことを一番に考えたいと言っていた彼のことだ。自分に親権が認められないのなら——娘と離れるくらいなら、三橋は、離婚自体をやめると言い出すかもしれない。彼が望むなら、妻が何と言おうと離婚に応じる必要はない、彼は離婚するかしないかを選べる立場なのだと、三橋に言ったのは木村だった。

そして自分一人が我慢して、娘には妻との確執を秘密にして、幸せな夫婦のふりをする。

（これから先何年も？）

そんなことは間違っている。

しかしきちんと離婚を成立させて、親権をとらなければ、三橋は本当に、そうしかねなかった。

みっともないなどと気にしてはいられないので、三橋が帰った後、コーヒーサーバーの前で高塚を待ち伏せして呼び止める。頭を下げて教えを乞うと、高塚は木村のデスクまでついて来て、話を聞いてくれた。

ざっと追加の事情を確認し終えて高塚は、まず、「離婚はできるだろうね」と見通しを述べる。木村もそう思っていたが、それでも先輩のお墨付きをもらうと安心した。

「不貞行為の写真もあるし、葵子さんも密会現場を見てるんだろ。証人として申請できる。話し合いがダメでも、最終的には裁判に持ち込めば勝てるよ。で、問題は親権だけど」

軽く握った手を顎にあて、視線を斜め下へ落とす。考えているときの仕草だ。

「そもそも彼女、本当に親権欲しいのかな」

「え？」

「親権争いは母親のほうが有利だって知って、交渉材料に使ってくることはあると思うけど、恋人がいるなら、子どもがいないほうが身軽なんじゃないの。まあ子どもは可愛いだろうから迷うとこだろうけど、何が何でも親権とってやるとまでは思ってないかもしれないよ」

報告書に貼り付けられた美紅の写真を、ぱんと手の甲で叩くように示して言った。

「親権争いは結果が読めない。一番簡単で確実なのは、合意することだよ。法廷に持ち込まずに解決するのが最善だ」

訴訟で勝つための準備より、訴訟にしないで終わらせるために力を注ぐべきだということだ。ごくごく基本的な助言だったが、改めて胸に刻む。

法廷に持ち込むなという助言は、戦いを避けろという意味ではない。

法廷外でも、訴訟と同じだけの真剣さで戦い、勝利しろということだった。

「彼女が、親権をどうでもいいと思ってるなら話は簡単だけど、そうじゃなくても——子どもと離れたくないって気持ちと、恋人と一緒にいたいって気持ちの間で揺れているとしても、揺れているならやりようがあるよ。背中を押してやればいいんだ」

ファイルを閉じて、つまり、と続ける。

「親権を手放したほうが得だって、彼女に思わせることだね。情に訴えて説得する、利益で誘導する、脅す、色々方法があるけど、その材料はもう結構そろってるみたいだし」

幸いなことに、彼女みたいな計算高いタイプは、動かしやすい。

そう言って、ファイルを木村に渡し、唇の端をにっとあげて笑った。

「最後の一押しは、彼女に今一番影響力がある人間を味方につけることかな。まずは馬から射てみるといいんじゃない」

ちらりと時計を見て、木村のデスクに置いていた自分のカップをとる。

「いけそう？」

「はい。ありがとうございました！」

これ以上高塚を拘束するわけにはいかない。おかげで、方向性も見えてきた。

自分の席へ戻る高塚を頭を下げて見送り、

（さて、と）

木村もデスクの椅子を引いた。

（情、利益、脅し……親権を手放したほうが得だと、彼女に思わせること。……背中を一押しする手）

もう何度も読み返したファイルを開き、考える。

三橋美紅に、今、一番影響力のある人間は。

＊　＊　＊

三橋美紅の不貞相手であり、三橋春人の大学時代の友人である山下(やました)智樹の住所は、簡単に調べがついた。

マンションを出てきたところを呼び止め、三橋の代理人弁護士として名前を名乗る。

「ちょっとお話、いいですか」

「……この後用があるんだけど」

「三橋美紅さんと会うんですか？」

山下は、迷惑そうに木村を見た。

動揺した様子はない。

弁護士が出てくるような状況になっていることを、美紅から聞いて知っていたのか。

いずれにしろ、自分には関係のないことだと思っているのかもしれなかった。

「歩きながらでもいいので、お願いします」

小さな舌打ちが聞こえたが、山下は拒否はしなかった。

歩き出した彼を追いかけ、横に並ぶ。

「彼女とは、交際を続けるつもりなんですか？　結婚も考えているんですか」

「そんなこと、あんたに言わなきゃいけないのか？」

鼻が高く、鋭角的な印象の横顔だ。真っ黒な髪と骨ばった顎のライン、切れ長の鋭い目も、柔らかな雰囲気の三橋とは、全然タイプが違う。

写真を見たときも思ったが、美紅のもともとの好みがこういうタイプなら、彼女は本当に、三橋を「優良物件」としか考えていなかったのだろうなと、虚しいような気持ちになった。

「三橋春人さんと美紅さんには娘さんがいます。ご存じですよね。あなたは、美紅さんと桜ちゃんと、三人で家族として暮らしていく覚悟をしているんですか」

大股に歩く山下の表情は変わらない。

「心が移ってしまったのは、悲しいことですが、仕方ありません。美紅さんは、あなたといたほうが幸せなのかもしれない。彼女がそれを望むなら、止めることはできません。もちろん不法な行為ですが、無理やり彼女をあなたから引き離して夫婦生活を続けても意味がないことだと、三橋さんはわかっています」

山下のマンションは駅のすぐ近くで、駅に近づくにつれ人通りが多くなった。雑踏にかき消されないよう、声の届く距離を保ちながら続ける。

「でも、桜ちゃんは、三橋さんと……お父さんと一緒にいるべきです。あなたが三橋さん以上に桜ちゃんを愛せないなら、絶対に、桜ちゃんを渡すわけにはいかないんです。裁判になって、どれだけ長引いても、お金がかかっても、三橋さんは譲らないと思います」

駅前の、待ち合わせ場所によく使われるオブジェの前に到着し、山下は立ち止まった。

ここで美紅と待ち合わせをしているらしい。

山下はうるさそうにしながらも、木村を追い払おうとはしない。何も言わず、こちらを見ようともしないが、話を聞く気はあるようだと判断して言い募った。

「親権を渡してもらえるなら、三橋さんは、あなたにも、美紅さんにも、慰謝料を請求するつもりはないそうです。学生時代からのご友人と、泥沼の争いになることは避けたいと……慰謝料請求の訴訟を提起されたとなると、平日に裁判所へ呼び出されたり、お勤め先に仮差押の通知が行ったり、お仕事にも影響するでしょうし」

交渉が決裂した場合はどうなるかをほのめかし、相手の反応をうかがう。

山下が目だけを動かして、ちらりと木村を見た。

「間違いなく勝てる訴訟ですし、あなたから慰謝料をとったほうが私の報酬も高くなるので、私としては請求を勧めたいところなんですけどね」

高塚が交渉相手に話すときの口調を思い出して、付け足す。

自分にしてはかなり強気に出たつもりだ。

内心ドキドキしていたのだが、山下からそれ以上の反応はない。

もうひと押しが必要かと口を開きかけたとき、ヒールの靴音を響かせて誰かが駆け寄ってきた。

クリームイエローの清楚（せいそ）なワンピースを着て、学生のように見える。

写真で見た通りだった。

「お待たせ……、あの？」

知り合い？　と、小動物のような仕草で首を傾げ、三橋美紅が山下を見る。

「三橋の弁護士さんだって」

短く答えて山下が、目線を彼女へ向けた。

美紅の笑顔が凍りつく。

「子ども引き取んの？」

「それは……」

「白黒つけてから来て。俺子どももあんまり好きじゃないし、面倒臭いの嫌だからさ」

木村が三橋の弁護士だから素っ気ないのかと思ったが、恋人である美紅に対しても同じような態度だ。

言いよどんだ美紅に、山下は「先に店に行ってる」と、あっさりと背を向けて歩き出した。

美紅は戸惑った顔で、遠ざかっていく彼の背中と木村とを見比べている。

「彼を、桜ちゃんの新しい父親にするつもりですか？」

「関係ないでしょう」

「桜ちゃんが幸せかどうかは、大いに関係があります。私は三橋さんの代理人で、三橋さんが一番気にしているのはそのことですから」

木村が言うと、美紅はばつが悪そうに目を逸らした。

「あなたにとってはいい彼氏で、あなたは幸せかもしれません。でも、桜ちゃんの父親としては、三橋さんのほうがふさわしい。あなただってわかっているはずです」

黙り込んだ彼女に、追い打ちをかけるように言う。

「子どものために我慢しろとか犠牲になれとか言っているわけじゃありません。あなたはあなたで幸せになればいい。三橋さんより彼が好きなら、彼と暮らせばいいんです。でも、桜ちゃんを連れていくのは、あなたのエゴだ」

美紅は、反抗期の子どもが叱られているときのような顔で斜め下を向いていた。ピンク色のキラキラする唇がきゅっと引き結ばれた瞬間を突いて、声を和らげる。

「あなたは桜ちゃんの母親です。あなたが桜ちゃんを大事に思っているのは、三橋さんもわかっています。あなたが桜ちゃんに会いたいときは、いつでも会えるようにすると言っています」

先輩たちの交渉術を見て学んだテクニックだ。

ただ追い込むだけでは、相手は混乱して、考えられなくなる。そして感情的になり、後でこちらに対する悪い印象ばかりが残ってしまう。

相手に危機感を持たせ、その上で、逃げ道を与える。用意した道へ、誘導する。彼女自身に選ばせなければ、この場で形だけの同意をとっても、後で撤回されるだけだ。

「離婚はもう避けられないんです。だったら、できるだけ、お互いに傷の少ない方法で……裁判沙汰になんか、三橋さんだってしたくないんです。裁判で離婚が認められるだけの証拠も、親権をとれるだけの根拠も、こちらは用意しています。でも、できれば、そんなもの、使わずに終わらせたい」

話し合いに応じてください。

強い口調で言った。

美紅は少しだけ首を動かして、木村を睨むように見た。

「……私のことを見なくなったのは、春人さんが先です」

彼女を愛していなかったと言った、三橋の言葉を思い出す。やはり彼女も、気づいていたのだ。

「そうかもしれません。でも、心の中は誰にもわかりません」

湧きあがりかけた、ほんのわずかな罪悪感と彼女への同情を、振り払った。

「訴訟になれば、ただ、あなたの不貞が認定されるだけです。はっきり言って、争えば間違いなく、三橋さんが勝ちます。でも、三橋さんは、勝ち負けを決めたいわけじゃないんです」

美紅は悔しげにうつむいた。彼女は自分の立場をわかっている。高塚の言った通り、損得の計算のできない女性ではなかった。

「離婚は二人の責任かもしれません。でも、桜ちゃんには罪はありません。桜ちゃんが幸せになるためにはどちらがいいのか、考えてあげてください。桜ちゃんも、三橋さんも、あなたも、幸せになるためにはどうすればいいのかを」

争いになれば損をするのはそちらだ、争うならば容赦はしないと匂わせながら、全員にとって最善の方法を提案しているかのような口ぶりで言うのは、卑怯かもしれなかった。木村は三橋の代理人で、三橋の利益だけを考えている。しかし、争いたくない、彼女のことも必要以上に追い詰めたくないという三橋の気持ちは本物で、その気持ちを尊重したいと木村が思っていることも本当だった。

懇願するような気持ちで、まだ不信感を拭(ぬぐ)えない様子の彼女の目をじっと見る。

「協議での離婚と、親権を三橋さんに渡すことに同意していただけるなら、慰謝料も養育費も請求しませんし、三橋さんが結婚後に得た財産の半分を財産分与としてお渡しします。かなりの額になるはずです」

どうしますか。

最後にそう言って、木村は口を閉じる。

美紅を見つめ、ゆっくりと、彼女の返事を待った。

＊　＊　＊

三橋美紅は、離婚に同意した。

駅前で直接話をしたあの日は答えをもらえなかったが、山下とも相談したのだろう、数日後に電話があった。

財産分与として三橋から美紅へいくらかを支払い、慰謝料はなし、桜の親権は三橋に。養育費の請求はしない。美紅と桜の面会は週一回。美紅は、引っ越し先が見つかるまでの三ヵ月間は現在の住居に住み続けてかまわない。その内容で合意ができた。客観的に見ても、彼女にとって決して悪くない内容だ。

善は急げと彼女の住む家まで押しかけて、取り決めは書面にしてある。財産分与分の送金が済み次第、署名押印をした離婚届を送ってもらうことになっていたのだが、それも昨日届いた。

三橋のアトリエへすぐ速達で送ったので、今日明日中には役所に提出できるだろう。三橋からは丁寧な感謝の言葉をもらった。後日きちんとご挨拶にうかがいますと、電話の向こうで繰り返すその後ろで、桜の声が聞こえていた。

(この上ない円満解決だ)

個人で受けていた三橋の事件に時間をとられたため、事務所から振られた仕事が滞留してしまい、残業するはめになったが、心は晴れやかだった。

なんとかデスクワークを片付け、帰り支度をしながら時計を見る。

(葵子さんの店、何時までだっけ)

彼女には、まだ、事件が決着したことを伝えていない。

浮かれるほど気分がいいので、喜びを分かち合いたい気持ちもあった。

電話越しに聞こえた、三橋の嬉しそうな声がよみがえり、口元が緩む。

きっと、葵子も喜んでくれるだろう。

依頼人や関係者の嬉しそうな顔を見ると、弁護士になってよかったと実感する。

いそいそと事務所を出て、閉店時間ぎりぎりに飛び込んだ店内には、葵子しかいなかった。

彼女は店長に信頼されているらしく、一人で閉店まで店番を任されていることも少なくない。

「三橋さん、桜ちゃんと暮らせることになりましたよ」

軒並み値引きされている、ケースの中に残った惣菜をさらうように買って、彼女がそれを包んでいる間に、三橋の望む形で終われたことを報告する。

葵子は手を止めて、一言、そうか、と言った。

すとん、と肩から力が抜けたのが見てとれる。

やはり、心配していたのだろう。

「詳しいことは三橋さんから聞いてください。一件落着です」

「そうか……」

葵子は確かめるように、そうか、と繰り返し、思い出したように、よかった、と付け足した。

「ありがとう」

「いいえ。お役に立ててよかったです」

レジを打つ彼女の目がうるんでいる。

気づかないふりで千円札を渡しながら、

「三橋さんはまだしばらく、アトリエのほうにいると思いますけど、奥さんが引っ越し先を見つけて出て行ったら、また元の家に戻るんじゃないかな。葵子さんの家にも近いですよね」

思い切って言ってみた。

「葵子さん、食事とか、差し入れしてあげたらどうですか。桜ちゃんがいると、そうちょくちょく買いに出るのも難しいかもしれないから」

ついさっきまで目をうるませていた葵子が、目を丸くして木村を見る。

そして一呼吸置いてから、呆れたような顔で言った。

「センセイは結構おせっかい焼きだね」

確かにおせっかいだ。

踏み込みすぎたか、と反省する。

すみません、と頭を掻いた木村に葵子は釣銭とレシートを渡し、考えとくよ、と笑った。

あの二人、うまくいくといいなあ。

店を出て、そんなことを考えながら少し歩いた。赤信号にひっかかったところでポケットに入れたままにしていた小銭を財布にしまおうとして、お釣りが多いことに気がつく。葵子が間違えたのだろう、五十円玉の代わりに、百円玉がまざっていた。

少しの距離なので来た道を引き返す。

ちょうど店の前に立って、シャッターを下ろしている葵子が見えた。

ようやく声が届く距離まで近づいたとき——木村が声をかける前に、葵子が、木村のいるほうとは反対の方向を振り返る。

木村もつられてそちらを見ると、ベビーカーを押した三橋が立っていた。

「こんばんは、葵子さん」

のんびりした声が、木村の耳にも届く。

葵子はフックのついたシャッター棒を店の入口に立てかけて置き、三橋に向き直った。

「……桜ちゃん連れて、散歩？　こんな時間に」

「家に一人では置いておけないので、つきあってもらいました」

ぐっすり眠っている様子の桜を見て、二人して微笑む。

なんとなく邪魔をしてはいけない気がして、木村はそっと酒屋の自販機の陰に隠れた。

「離婚、成立したんです。離婚届、さっき届いたので、今出してきちゃいました。時間外の窓口に」

「……そっか。大変だったね」

「弁護士さんと、葵子さんのおかげで、すんなり話がつきました」

「あたしは何もしてないよ」

「弁護士さんを紹介してくれたの、葵子さんじゃないですか」

三橋は穏やかな笑顔で、ゆったりとした口調にもどこか余裕が感じられる。最初に面談室で見たときの、頼りなげな風情ではなかった。吹っ切れたのだろう。

それに対して葵子は、どこか落ち着かない様子でいる。

「店、もう閉店なんだ。何か残ってればよかったんだけど……」

「いえ、今日は、葵子さんに言いたいことと、渡したいものがあって」

三橋は、ベビーカーの後ろにバンドで留めてあった、抱えるほどの大きさの平たい荷物を取り出した。

布の包みをほどき、表側を葵子に見せるようにして差し出す。

「僕の気持ちです」

キャンバスに描かれた、笑顔の女性。

葵子の絵だった。

光の中に融けそうな輪郭なのに、力強さを失わない。光が人の形をとったような、強く、美しい、それはまるで女神の肖像だ。

うわ、と小さく声が漏れ、木村は慌てて口を押さえる。

しかし葵子たちが木村に気づいた様子はなかった。葵子は絵に見入っていたし、三橋は葵子を見つめていた。

（これは、無理だろ。こんなの見せられたら、もう、気づかないふりなんて）

感謝のしるしだとか、友情のあかしだとか、そんな風に誤魔化すこともはぐらかすこともできない。

描き手の人間性や、対象への愛情が滲み出るような絵を描くのだと、葵子が話していた。その意味がよくわかる。

三橋が葵子にどんな感情を持っているのか、その絵を一目見ればわかった。どんな言葉より饒舌だった。

「すぐじゃなくてもいいんです。でも、考えてください」

彼女ひとりのために描かれたその絵を、葵子はそっと、慎重な手つきで受けとった。

泣きそうな横顔を、木村はもどかしい気持ちで見守る。

「あたしは、……だって、あんたがほしいものを何もあげられない」

「もらわなくたって、もう全部持ってます。足らないのは葵子さんだけです」

（言った……！）

あのおっとりとした三橋に、こんな告白ができるとは。

盗み聞きしているだけの木村まで、顔が熱くなった。

「毎日好きな絵を描いて、桜がいて、あとは、葵子さんがそばにいてくれたら、ほしいものなんてもう何もないです。葵子さんと桜が僕の家族なら、これ以上の幸せはありません」

　葵子はこちらに背を向けてしまい、うつむいたその表情はよく見えない。

　しかし、三橋は、まっすぐに背筋を伸ばして、真正面から彼女を見ていた。

「きっと葵子さんを幸せにしますから。だから葵子さんも、そろそろ、というかいい加減観念して、僕を幸せにしてください」

　半分だけシャッターの下りた店の前、店内から漏れる明かりが、二人を照らしている。

　木村は百円玉を握りしめて、そっとその場を後にした。

＊　＊　＊

　二日ほど出張で事務所をあけていた高塚がデスクにいたので、つかまえて事の顛末を説明する。

　高塚はテンションの高い木村に呆れ顔だったが、ちょうど大きな仕事を片付けたばかりで暇だったこともあってか、話を聞いてくれた。

「奥さんの勤務先も不貞相手の勤務先もわかってるわけだから、慰謝料ゼロっていうのはちょっともったいなかった気もするけど、依頼人の満足が一番だしね。結果としてはよかったんじゃない」

「ですよね！　高塚さんのアドバイスのおかげでスピード解決だったんですけど、それ以上に、依頼人の満足する結果になったのが嬉しくて」

弁当屋の前でのプロポーズについても、耐えきれずに話してしまった。

木村ほど彼らに思い入れのない高塚の反応は「へえ」という熱のないものだったが、それも気にならない。祝杯あげなきゃ、と浮かれる木村に、高塚は「よかったね」と苦笑した。

「これ、参考になるかなーって出しといたんだけど、使わなかったね」

「あ、三橋さんの法律相談の受付カードですか？」

「うん。見る？」

相談だけで終わった案件のファイルで、相談者の情報と相談内容の概要が書かれた一枚紙の受付カードが綴じてあるだけなので、厚みはさほどない。

ぱらぱらとめくると、三橋の受付カードが見つかった。

相談者、三橋春人。相談内容、離婚・親権。相談日は二年前の五月になっている。

（……あれ）

「五月……？」

「どうかした？」

「いえ、あれ……記憶違いかな。ちょっと待ってください」

自分の席へ戻って、三橋のファイルをとって戻ってくる。

引っ掛かることがあった。

ファイルの最初に綴じられた、三橋からの聴取内容をメモした紙と、それを基に作成し美紅へ送った通知書を確認する。

「やっぱりそうだ」

三橋と美紅が結婚したのは、二年前の六月と書いてあった。

「この相談の日付、間違いないですか？　それとも俺の聴取ミスですかね」

二冊のファイルを並べて、高塚に見せる。

「これ、日付。結婚したのは六月だって」

「…………」

特に、何かを感じたわけではない。どちらかが間違いなのだろう、と思っただけだった。

結婚もしていないうちから、離婚や、ましてや親権の相談などする意味も理由もない。

しかし、二つの日付を見比べた高塚の表情が変わった。す、と眉が寄せられ、仕事をしているときの顔になる。

「……木村くん、さっきの話だけど」

「はい？」

「奥さんの不貞相手って、依頼人の友達なんだっけ」

その一言で、木村も、高塚が考えていることに気づいた。

まさか。

（まさか、だって）

そんなことが。そんなことを、三橋が？

「……それって」

混乱しながら、勝手に口が動いていた。

「奥さんの不貞は、三橋さんが仕組んだ……って、ことですか」

それも、ただ、不仲になった妻と有利に離婚するために友達に妻を誘惑させた、というだけではない。

相談日の日付がどちらも間違いでないのなら、これは「計画的犯行」だった。

三橋は結婚する前から、どういう場合に離婚ができるのか、親権をとれるのかを調査して、周到な計画を立てていたことになる。つまり最初から計算ずくで、離婚することを前提に結婚していたということに。

「だってそんなこと、何のために」

言いかけて、答えに思い至った。

三橋には、どうしても欲しいものがあったのだ。

それを手に入れるためには、一度結婚して、離婚するしかなかった。

（幸せな家庭を作るために美紅さんを利用したって、あのとき）

彼が懺悔した、その本当の意味を理解する。

彼の夢は、「愛する妻」と子どもとの、幸せな家庭を築くこと。

その夢に関して妥協するつもりなど、最初からなかったのだ。

「彼のしたことは犯罪じゃない。事実を知ったからって、相手に教える義務も、必要もないよ」

呆然とする木村に、高塚が釘を刺す。

「離婚の条件だって、決して不当じゃない。有責配偶者である妻に対して、結婚期間分に築いた財産相当額を分与して、慰謝料もなし。親権は欲しいほうがとって、養育費の請求もせず、妻がすぐには現住居から移らなくてもいいように配慮までしている。ウィンウィンだ」

そうかもしれない。そうなのだろうと、頭ではわかっていた。

それでも、そうですねとは言えない。

三橋は美紅だけでなく、木村のことも、葵子のこともだましていたのだ。

(愛する女性と幸せな家庭を作るために、愛していない女性と結婚して、子どもを作ったんだ)

怒りよりショックが大きくて、考えがまとまらない。

「彼に不法な行為があって、三橋美紅はだまされたんだとしても、それを立証することはできないし、それに」

高塚は静かな声で、しかし厳しい目で、はっきりと言った。

「それは木村くんの——三橋春人の弁護士の仕事じゃない」

高塚が言っているのは、当たり前のことだった。

それを、彼が口にしてしまうほど、木村は不安定に見えたということだろう。

わかっていますと、かすれた声で応えたとき、

「あの……お話し中すみません。木村先生」

小走りに近づいてきた事務員に、声をかけられた。

木村はのろのろと顔をあげ、はい、と応える。

まだ若い事務員は、覇気のない木村に少し怯(ひる)んだ様子だったが、「受付に三橋春人さんがいらっしゃってます」と、申し訳なさそうに告げた。


執務室を出て受付へ行くと、洋菓子店の箱を持った三橋が立っていた。

柔らかな笑顔で、お世話になりました、本当にありがとうございましたと、育ちのよさが滲み出るきちんとした礼をする。

「これ、つまらないものですけど、お礼に」

差し出された白い紙箱に、手を伸ばすことができなかった。

ついてきていた高塚が木村の代わりに受け取って礼を言い、営業用の笑顔を三橋へ向ける。

「弁護士の高塚です。二年前にお会いしてるんですが、覚えていらっしゃいますか?」

三橋の顔から一瞬、ほんの一瞬だけ表情が消えた。

しかし次の瞬間には、三橋は笑顔になり、

「もちろんです。高塚先生。お久しぶりです」

愛想よく、高塚に挨拶を返す。

「私の助言を活かしていただけたようで嬉しいですよ」

「はい、とても助かりました」

三橋はにっこりと笑って、高塚と木村とを見比べた。

「わかっていて、僕を助けてくれたんですか?」

どきりとする。

弁護士が真意に気づけば手伝わないようなことをしたと、認める発言だった。

「残念ながら、木村とは連携をとっていなかったので。気づいたのはついさっきです」

高塚が答えながら、洋菓子の箱を木村へ渡す。そのときに目が合って、「落ちつけ」

と言われた気がした。

菓子の箱が、ずしりと重く感じられる。

しかし、三橋に向き合うチャンスは今しかなかった。

顔をあげた。

「最初から……子どもだけが欲しかったんですか。美紅さんと結婚したのは、最初から、
それだけが目的で」

思ったよりはまともな声が出る。

三橋は悪びれた様子もなく、仕方なかったんです、と言った。

「葵子さんが、どうしても僕と結婚してくれないから。僕は葵子さんがいいってずっと言っているのに、自分は子どもが産めないからとか、僕の親戚もきっと反対するだろうとか、どうでもいいことを気にして」

困った顔で笑う彼は、木村の知らない生き物のようだ。

どうして笑いながらこんなことを言えるのか、わからなかった。

「僕は確かに子どもは好きですけど、自分と血のつながった子どもを作ることにはそんなにこだわりはなくて、養子をとればいいと思ってたんです。でも葵子さんは、僕が彼女に気を遣ってると思ったみたいで。おまえはちゃんと、誰からも祝福される相手と結婚して、家庭を作らなきゃダメなんだって、聞かなくて。本当に頑固なんです。そういうところも好きですけど」

子どもが一番大事だと、何としても親権が欲しいと、そう言っていた彼を思い出して、改めてぞっとする。

結婚も、子どもを作ったことすら、葵子と結婚するための手段だった。

三橋に子どもがすでにいるのなら、自分が子どもが産めないことはもう、葵子が三橋を拒む理由にはならない。

「子どもを作るためだけに美紅さんと結婚して、……最初から、彼女とは別れるつもりだったってこと、葵子さんは」

知るわけがなかった。

案の定、三橋は頭を振る。

「彼女は知らなくていいことです」

それから、高塚のほうへ視線をやって、

「これ、守秘義務の範囲内ですよね？」

特に危機感を持っている様子もなく訊いた。

高塚も、あくまで事務的に応じる。

「ええ。ご安心ください」

彼の秘密は守られる。誰も疑わないだろう。もちろん葵子も。

結婚に失敗し、傷ついた男のふりをしている三橋を、葵子が拒絶できるはずもない。

もともと、自分の幸せよりも大事に想っていた相手だ。

血のつながった子どもと、一番愛する女性。三橋は、その両方を手に入れた。いや、血のつながった子どもを手に入れることで、一番愛する女性を手に入れたのだ。

「あなただって、辛くはないんですか」

いいえ、と、静かに、三橋は微笑んで答える。

「どんな秘密を抱えていても、僕にとっては最高に幸せな人生です。彼女と一緒に歩めるなら」

もう一度頭を下げて、三橋は出て行く。

最後に見たのは笑顔だった。

＊　＊　＊

三橋が去ってからもその場に突っ立って、少しの間動けずにいた。

身体も頭も止まってしまったかのように、呆然とその場に立ち尽くす。その隣に、高塚が並んだ。

「……俺はさ、依頼人に嘘つかれるの、大嫌いなんだけど」

高塚は三橋の出て行った玄関のほうへ目を向け、木村を見ないままで口を開く。

「その理由は、大抵の嘘はバレるからなんだよね。それも素人の、その場しのぎの嘘ならなおさら。裁判の中で、自分が聞かされていなかった依頼人の嘘がバレるなんて最悪だ。想像するだけでぞっとするね。どんなに腕のいい弁護士だって、その後で立て直すのは至難の業(わざ)だ」

木村は高塚を見た。高塚も、首を少し動かして、視線を合わせてくれる。

「でも、絶対に誰にもバレない嘘なら、つきとおして、弁護士にも気づかせないでほしいって思うこともあるよ。いくら依頼人のためだって、弁護士が法廷で嘘をつくのはリスクがある。知らなかったなら、後で言い訳のしようもあるからね」

嘘に気づいても、確信でなければ、目を逸らして、気づかないふりをして、弁護を続けられる。だまされているからこそ、その人のために全力を尽くせる。

知ってしまったせいで動けなくなることは、確かにあるだろう。

そう思ったとき、頭に浮かんだ顔があった。

木村に——弁護士に頼ることなく、むしろ弁護士と法律を利用して、目的を達成したのは、三橋が最初ではない。まだ傷は新しくて、生々しい痛みがよみがえる。

確かに、知らないほうが楽かもしれない。

三橋の真意も、知らないままだったら、いい仕事をしたと満足して終われたかもしれなかった。

(それでも)

奥歯を噛みしめ、拳を握った。

「それでいいとは、思えません。だって俺は弁護士で、三橋さんの代理人だったんだから」

それは、高塚とは違う考え方かもしれない。彼を否定するつもりもない。

知らないままでいたかったという気持ちが、自分の中に全くないとは言えないけれど
——それ以上に、知るべきだったと、弁護士としての自分が思うから。

「しんどいよ」

高塚の一言に頷く。

「わかっています」

「そっか」

高塚は、少し表情を緩めたようだった。

「なら、強くなるしかないね」

そう在りたいと思うなら、そうなるしかない。自分で、そう在ろうと、努力するしかない。

はい、と応えた木村の背を、ぽんと高塚の手が叩く。

「でも今回の事件は、もう終わったよ」

切り替えろ、ということだ。

木村はもう一度頷いた。

もう終わり、自分の手を離れた事件だ。

そして、仕事としては成功だった。依頼人の真意を読めなかった反省は次の仕事に活かすとして、この仕事自体を悔いる必要はないし、これ以上考える意味もない。

自分に言い聞かせるように、声には出さずに繰り返した。

「ただ、覚えておけばいいよ。絶対に欲しいものが決まってる人間が、どれだけ強くて、」

怖いものかを。

そう言った高塚の言葉が、溶けるように木村に沁みる。

それで、自分の中にわだかまるのが、罪悪感でも、だまされた怒りでもなかったと気がついた。未熟な自分をふがいなく思う気持ちだけではない、それ以上に、自分の身体を凍りつかせたものの正体を。

木村は、依頼人に対して抱いた恐れという感情を、自覚した。

大きく息を吸って、吐いた。何度か、目を閉じて繰り返す。

高塚は、急かさず待っていてくれた。

少し気持ちが落ち着いた。

「ガンガン飲んでとりあえず今日は寝なよ。いい店に連れてってあげるから」

「……三橋さんから報酬が入ったので、俺が奢りますおご。つきあってください」

高塚が肩をすくめた。

この仕事を選んだのは自分で、道から外れるつもりもない。

(今日一日は動けなくても、明日になったらまた歩き出せるように)

潰れるまで飲んでやりますよ、そう言って、笑おうとして失敗する。

木村くんにはまだ無理だよと高塚が言い、木村は表情を作るのを諦めた。

まだ、という一語に望みを託して、今は。

小田切惣太は永遠を誓わない

あの家だよ、と高塚が指さしたのは、近代的なデザインの一軒家だった。

建物自体はデザイン性が高く都会的だが、玄関ドアまでのスペースにはよく手入れされた植物が植わっていて、柔らかな雰囲気を作り出している。

ぐるりと建物を庭が取り囲み、二階部分に張り出したベランダからも緑が溢れていたが、その色合いや角度までが絶妙に洒落ていて、まるで映画のセットのようだ。

「さすが小田切惣太の家……芸術家って感じがしますね！」

「あの家は、別に小田切さんがデザインしたわけじゃないけどね」

木村が興奮して言うと、高塚は苦笑する。

「思い入れのある人の案件には関わらないほうがいいって言ってるのに、懲りないね。手伝ってくれるのは有難いけどさ」

事務所の先輩弁護士である高塚が、優秀な男であることは知っていた。

事務所から振られた仕事とは別に、事務所を介さず個人で受けた案件をいくつも抱えていて、そのほとんどが、芸能人やら大手企業の役員やら、そうそうたる面々からの依頼であることも。それでも、芸術家・小田切惣太の顧問弁護士だと聞いたときには驚いた。

もう何年前だったか、ハリウッドの大物監督の新作映画の美術担当に日本人の芸術家が抜擢(ばってき)されたと、当時随分話題になったものだ。異世界を舞台とした超大作はアカデミー賞を総なめにし、その中には衣装や美術、視覚効果に対する賞も含まれていた。ロースクールの一年生だったときに公開されたその映画を、木村は三回観ている。

ちょうど本人を訪ねる予定があるというのでねだって同行させてもらったのだが、早くも高揚を抑えるのが難しかった。

「今回は事件じゃないじゃないですか。財産の管理とか、財団法人の設立とかの事務的な仕事なんでしょう?」

「そうだけどね。そもそも木村くんが、事務的な仕事だけ、って割り切れるかどうかが心配かな。木村くんは感情に引っ張られちゃうところがあるから」

「今回はサポートに徹します!」

家の前に、生協のロゴが車体に入った小型トラックが停まっていて、玄関口で若い女性が配達員の応対をしているのが見える。小田切惣太の家族か、それとも家政婦だろうか。

ゆっくりと歩いて近づくと、配達員との会話が漏れ聞こえてきた。

「ああ奥さん、そういえば、観ましたよこの間、旦那さん、テレビに出てましたね。かっこいいですよねえ、あんな、特番組まれるほどの芸術家なんて、日本に何人もいませんよ」

彼女は曖昧に微笑んで、ありがとうございます、と答える。

配達員は帽子のつばをつまんで会釈をすると、トラックへ戻っていった。

（小田切惣太の、奥さんなんだ）

さすが、大物芸術家ともなると、妻も美人だ。

線が細く、おっとりとした風情で、木村の周りにはいないタイプだった。小田切とは、軽く一回り以上……もしかしたら二回りほども、年が離れているように見える。

人妻なのか、と残念な気分になりかけ、依頼人の妻に対して失礼だと不埒な考えを振り払った。

ドアを閉めようとした彼女は、こちらに気づいた様子で手を止め、微笑んで会釈をする。

高塚とは面識があるらしい。慌てて木村が挨拶をすると、彼女も「小田切遥子です」と名乗って改めて頭を下げた。

顔をあげた瞬間の、陽を受けた白い頬が、溶けそうに儚げに見えた。

昔観た映画のヒロインが、運命を受け入れて病床で微笑むシーンを思い出した。彼女は不健康そうには見えないのに、何故かはわからない。

おそらくは光の加減だ。

＊　＊　＊

小田切惣太の同居家族は遥子だけで、親には十代のころに勘当され、兄姉（きょうだい）とも折り合いはよくないため、二人暮らしには広すぎる家を訪れるのは仕事の関係者くらいだという。

小田切の実家はそこそこ裕福な田舎（いなか）の名家だが、家族は全員、彼が芸術の道に進むのに反対で、何年もの間、互いに連絡すら取り合わない状態が続いたそうだ。

彼は家族の援助もなく、アルバイトをしながら苦労して美大を卒業し、卒業後も、生活に窮（きゅう）する時期は短くなかったのだと、小田切の書斎で書類を整理しながら高塚が話してくれた。

「有名になって、テレビなんかでも特集が組まれるようになってから、家族から連絡があったみたいだけどね。今でも仲良くはないっていうか、小田切さんはなるべく関わりたくないと思ってるみたい」

「芸能人なんかだとよく聞く話ですけどね……」

三十代半ばにしてようやく彼の才能は認められ、今では、美術品に特別興味があるわけではない木村のような人間にも名前が知られるほどになっている。

作品には高値がつき、海外でも個展が開かれ、映画や舞台、海外の有名なサーカスへの美術協力に加えて、最近では有名ブランドとのコラボレーション企画まであるという から、総収入は想像もつかなかった。

「そういうわけだから、ご両親に家を建ててあげるとか兄姉を旅行に連れてくとか、そういうお金の使い道もなくてね。小田切さん本人はあんまり物欲がないし、遥子さんも贅沢しない人だから、これ以上資産増やしてもどうしたらいいかわからないって相談されて」

「うらやましい話ですね……」

「本当にね。ビル持ってるから家賃収入もあるし、美術館に作品を貸し出してるレンタル料の収入もあるし、おまけに、何年か前から個展の関係で知り合った人に一部の資産運用を任せたら、総合的にかなりのプラスが出たみたいで、使い道もないのに資産は増える一方だそうだよ」

そこで小田切は、若手芸術家の支援のための財団を作ることにしたらしい。これまでも、美大や美術館に寄付をする形で支援はしていたのだが、どうせ一生かかっても使い切れないほどの財産なら、いっそ財団法人という形にしてしまったほうがシンプルだし、自分の手から離れたところで運用してもらえるほうが煩わしくないと考えた結果だそうだ。

高塚は肩をすくめて息を吐いた。

「で、俺がその手続きをすることになったんだけどね。全権委任、とか言うと聞こえはいいけど要するに丸投げだから、評議員とか理事会とかも、人集めるところから、こっちで色々手配して。結構大変なんだよね、俺事務処理って好きじゃないしさあ……今日も、財産関係の書類を見たいって言ったら、よくわからないから取りに来て持ってってくれって言われて、こうなってるわけだけど」

収納ボックスのふたをとり、中にぎっしり書類が詰まっているのを確認すると、うんざりした顔でふたを戻し、手の甲で箱を向こうへ押しやる。

まだ作業を始めて三十分もたっていないというのに、もう飽きたと顔に書いてあった。

「そもそも書類の整理からって、これ弁護士の仕事じゃないよね。そこは小田切さんが秘書なり何なり雇ってやらせるとこだよね」

「秘書いないんですか？」

「なるべく人は雇わないんだって。急に大成功して有名になると人が群がってくるっていうし、色々あったんじゃないかな。そのせいで、ちょっと人間不信気味なのかも」

ギャラはいいからいいんだけどさ、とまたため息を重ねる。

人間不信気味でなるべく人を雇わない小田切が、高塚のことは信頼して任せているということだ。それはすごいことではないのか。

木村がそう指摘すると、高塚は、まあねと言葉を濁した。褒められることが大好きな彼にしては珍しい反応だ。

「それにしてもこんな大口の顧客、どうやって見つけてきたんですか？　個人でとって来られるような仕事じゃないんじゃ……」

「企業秘密。まあ、強いて言うなら俺が有能だから気に入られたってとこかな。……あーこのへんはもう把握しきれないな、ごっそり事務所に送っちゃおうか」

小田切の書斎は、おそらくは遥子の手によってだろう、清潔に保たれてはいたが、冊子の形をしたものや書類をとりあえず積むか立てるかしてあるだけの物置と化している。

案内してくれた遥子は、「片づけが行き届いていなくて」と恐縮した様子だった。彼女一人でこの広い家の掃除を含め、すべての家事を引き受けているのなら、夫の財産関係の書類整理にまでは手が回らなくて当然だろう。

「あ、こっちも不動産関係っぽいですよ。えーと……掛川市にある土地と建物の権利証ですね」

権利証があるということは、不動産登記法が改正される前に買った物件ということだ。現在は、こういった形の権利証の発行は廃止されている。

「掛川？　何でまた掛川？」

「さあ……」

不動産屋の封筒に入ったままの権利証を高塚に手渡す。

高塚はそれを受けとり、不動産の持ち主が間違いなく小田切惣太になっていることを確認して首をひねった。

田舎の土地だから大した価値はないと思うけど、などと、失礼なことを呟いている。

「そうだ、木村くんさ、掛川支部の案件持ってなかったっけ」

「ありますよ。来週行きますけど……」

「じゃあ、ついでに行って写真とってきてよ。不動産屋に査定頼む予定だけど、あんまり田舎だと、なかなか現地まで行ってくれなかったりするし……小田切さんの所有不動産てほとんど都内のはずなんだけど、ここ一件だけ離れてるんだよね」

「それはいいですけど」

こんこん、と控えめなノックの音がした。

振り向くと、開けたままにしていたドアに細い手首をあてて、遥子が立っている。

「高塚先生。失礼します、小田切が起きましたので……」

「ああ、すみません。ありがとうございます。木村くんも行くよ。小田切さんにご挨拶」

「あ、はいっ」

家の主が出て来ないなと思っていたら、今まで寝ていたらしい。

作品を作り始めると昼も夜もなくなると、そういえば何かのインタビュー記事で読んだ。

緊張しながら高塚と遥子について行くと、一階の、玄関のちょうど反対側に当たる場所、ガラスの屋根と壁——開閉式のようだ——のある、中庭のようなスペースに連れて行かれる。

「すごいですね」

思わず感嘆の声が漏れた。

アウトドアリビング、と呼ぶのだろうか。サンルームと庭とベランダを足して三で割ったようなその空間は、外からは見えないよう塀に守られているのに、たっぷり光が入る造りになっていた。

さまざまな種類の木や草がバランスよく配置され、濃さの違う緑を茂らせている。ベンチや、大きな石のテーブルが設置されているが、そのすべてが調和していた。

小田切の作と思われる白い石のオブジェも、植物の緑に眩(まぶ)しく映え、美術館などで見る展示物よりよほど生き生きとして見える。

枝を広げた木の下で、男が籐(とう)の長椅子に横になっていた。

(本物の小田切惣太だ)

インタビュー記事に載っていた顔写真だけなら見たことがある。黒いゆったりした上着に、裾が若干長いように思えるズボンを穿(は)いて目を閉じていた。

起きた、ということで呼ばれて来たはずだが、どう見ても寝ている。

遥子は「さっき一度目を覚ましたんですけど」と困った顔をして高塚と木村に謝罪すると、長椅子に近づいて彼の肩に手をかけ、そっと揺り起こした。

小田切は唸り声なのか寝言なのかわからない声をあげ、長椅子に寝転がったままで伸びをする。

子どものような仕草を微笑ましい気持ちで見ていると、彼は肩を揺する遥子の手をとり、気持ちよさそうに目を閉じたまま頬をすり寄せ、首を傾けて手の甲に唇をつけた。

(わ)

二人の上に木漏れ日が落ちて、フランス映画のワンシーンのようだ。

夫婦仲が良いのはいいことだが、目のやり場に困る。

遥子に耳元で何か囁かれて、小田切はようやく目を開け、身体を起こしてこちらを――高塚を見た。

「ああ、先生。どうも」

「おはようございます、小田切さん」

恥ずかしがる風もない小田切に、高塚も平然と挨拶を返す。

本物の小田切惣太は、血色のあまりよくない、痩せた、しかし妙に雰囲気のある男だった。

まだ四十代のはずだが、髪にはところどころ白いものが交ざっている。もともとの髪色が真っ黒なので目立っていたが、それがまた不思議な色気を醸し出していた。

高塚が、サポート役の後輩弁護士だと木村を紹介してくれたので、慌てて長椅子の前まで行き、頭を下げる。

小田切は、まだ少し眠そうな半眼だった。目の下に隈がある。夜遅く、もしくは明け方まで、作品を作っていたのかもしれない。

「木村です。あの、俺、ファンです。映画の美術がすごくて、興味持って、それから六本木での個展も……トゥ・ザ・ワンダーの東京公演も観に行きました。すごくよかったです」

弁護士として、仕事のために来ているのだから、言うべきではないかもしれないと思ったが、本人を前にして、思わず言ってしまった。

「……どうも」

半分眠っているようだった小田切の目の黒目部分が、くっとあがって木村を見る。

ゆっくり瞬きをして、それから、目線を斜め下へずらした。

沈黙が落ちて、もしかして機嫌を損ねてしまったか、と木村が焦りかけたとき、

「……家の中に、俺が作ったものが、結構あるんで」

視線を逸らしたまま、小田切が口を開く。

「一階は、結構客の出入り自由な感じにしてるんで。ここにあるオブジェもだし、廊下にある作品なんかも……ガラス越しだけど庭からも見られるようになってるんで、よかったら。自由に見てもらっていいんで……ときどき俺が寝てるけど……」

うつむいて無愛想に、ぼそぼそと吐き出すような声は聴き取りにくい。それでも、彼が喜んでいるらしいのがわかった。

彼ほどの有名人でも、ファンだと言われると嬉しいらしい。

木村が恐縮して礼を言うと、ますます目を泳がせた。

気難しそうに見えたのに、思っていたよりも反応が純朴だ。

「約束通りの時間に訪ねたのにいらっしゃらなくて、庭を見て回ったら小田切さんがテラスのウッドデッキで寝ていたときにはびっくりしましたよ」

「先生と会うときはなるべく起きているようにしているんだけどな。徹夜明けだと、つい」

高塚が言うと、小田切は少しだけ目をあげ、気まずそうに頭を掻く。その仕草も、どこか子どもっぽく、「芸術家小田切惣太」のイメージからは遠かった。

肩の力が抜けている。彼にとってこの場所は、気を張らず安らげる場所なのだろう。

「あまり根を詰めないで、ちゃんと夜寝てくださいよ。倒れたらどうするんですか」

「うん。気をつける」

「そうしてください。ところで、書斎でいくつか不動産関係の資料を見つけたんですが、ご確認いただけますか。この、掛川の物件とか……」

「ああ、ここを建てる前に住んでた家だな」

高塚が持ってきた権利証を覗き込んで、話を始めた。

木村は数歩離れたところから、それを眺める。

(絵になる人だなあ)

特に美形というわけではないのだが、独特の気怠(けだる)げな雰囲気があって、魅力的な男だ。

遥子のような若くて美人の妻がいるのも納得できる。

（すごく仲が良さそうだし）

そっと遥子のほうを見て、どきりとした。

彼女はうつむいて、左手で右手の甲を包むようにして立っている。

意識的に消しているとしか思えないほど、その表情からは、どんな感情も読み取れなかった。

＊　＊　＊

掛川の旧小田切邸は、築何十年かはわからないが、相当に年季の入った平屋の日本家屋だった。家の前には、元は畑だったらしい空間があるが、今は荒れて、雑草しか生えていない。

ぐるりと回ってみると、庭——どこまでが庭で、どこからが畑かもわからないが——に面した縁側があった。縁側に座れば、遠くに山と、どこまでも続いているようにさえ思えるあぜ道が見える。

空が高く、土の匂いがした。のどかだ。

（有名になる前の小田切惣太が、住んでいた家……）

小田切が言うには、家賃が安い上、土間があって天井も高いので、大きな彫刻を家の中で作れて便利だったそうだ。作品に高値がつくようになってからも、そのまま買い取り、しばらく住んでいたらしい。遥子も、懐かしいですと言っていた。

こうして見れば見るほど、有名芸術家には不似合いな家だ。しかしこの田舎の一軒家に二人が暮らしていたのを想像すると、不思議としっくりくる。

現在の小田切邸も——住宅街にあるので、道路に面した玄関側以外は塀で囲まれているものの——東側に中庭と一体化したアウトドアリビングがあり、そこへ続く廊下はガラス張りで、塀との間の狭い空間が、通り道兼庭のようなスペースになっていた。考えてみれば、あのガラス張りの廊下も、スタイリッシュな縁側と呼べないこともない。変わったデザインの家だと思ったが、この田舎の家と縁側が、彼らの原点だからかもしれない。

スマートフォンのカメラで家の写真を撮っていると、ふと後ろに気配を感じた。

いつのまに近づいて来ていたのか、薄いタオルを首にかけた、六十代半ばとおぼしき女性が立っている。

彼女は警戒するように少し距離をとって、不審げにこちらを見ていた。

手ぶらで軽装でいるところからして、近所の人だろう。

木村は慌ててスマートフォンをしまい、上着の襟に留めつけた記章——弁護士バッジを彼女に見せる。

「あの、こんにちは……俺、じゃない、私は、弁護士の木村と言います。小田切さんの財産の管理を任されていて、今日は、不動産の状態を確認しに」

「弁護士さん？　まあそうなの」

とたんに女性の表情が和らいだ。木村もほっとして、ええ、そうなんですと愛想よく返す。

「小田切さんはお元気？」

「あ、はい。奥さんも、二人ともお元気です」

「え？　小田切さん結婚したの？」

女性は丸い目を瞬かせた。遥子のことは知らないらしい。この家に住んでいた頃は、まだ結婚していなかったのだろうか。

（あれ、でも遥子さんはこの家のこと懐かしいって……）

「あ、ねえねえちょっと鈴木さん、小沼さん！　この人小田切さんの弁護士さんだって！」

どうやら、この道はどこかへの通り道だったようだ。連れ立って歩いてきた二人の女性に、彼女が声をかけ手招きをする。

あっというまに集まってきた女性陣に、木村は取り囲まれるような形になった。

「えっ、小田切さんって、あの小田切さん？　懐かしいわあ」

「あらー、小田切さんと遥子ちゃんは元気なの？」

（あれ？）

こちらの女性は遥子のことも知っているようだ。

結婚はしていないが、一緒に住んでいる時期があったのかもしれないし、遥子が小田切のもとに通ってきていたときに一部の近所の住人とだけ顔を合わせたのかもしれない。

元来話好きらしい彼女たちは、三人になって、パワーが三倍どころか十倍くらいに増したようだ。どこから来たの、まあ東京、弁護士さんも大変ねえ、小田切さんも立派になってと、まったく話が途切れない。

木村が口を挟む隙もなかった。このままでは、帰るタイミングもつかめない。

「小田切さんて、何か有名な芸術家なんでしょ? 知らなかったわあ、サインもらっとくんだった」

一人の発言に、残りの二人が、ねえー、と頷いたとき、ようやく一拍分の空白ができる。今だ、と言葉を滑り込ませた。

「あの、そういえば、皆さん、どちらかへ行かれる途中だったんじゃ……」

「あらそうだった、忘れてたわ」

女性たちは携帯電話を取り出し、時間を確認した。

「もう行かなくちゃ」

永遠に終わらないのではないかとさえ思えたマシンガントークが、あっさりと終了する。ようやく解放されるようだ。

小田切さんたちによろしくね、と名残惜しそうに言う女性たちににこにこと頷いていたら、ポケットにしまったばかりのスマートフォンが震えた。取り出してみると、高塚からの着信だ。

彼女たちに断って電話に出る。

特に緊急の用事ではないらしく、呑気な高塚の声が聞こえた。

『木村くん？　お疲れ様。もう現地？』

「あ、お疲れ様です。はい、家の前にいます」

『その家だけどさ、小田切さん、遥子さんが気に入ってるなら売らなくていいって。個人の財産として残すことにしたけど、ついでだから財産管理のために査定だけはとっちゃおうと思うから、予定通り写真は撮って帰って来て』

「はい、わかりました」

ご婦人方は、じゃあねえ、と手を振ったり頭を下げたりしながら去っていく。

高塚と通話しながら、彼女たちを見送って頭を下げた。

（あ、そういえば）

最初に通りかかった女性が歩いていく背中を見て、ついさっき、彼女の言っていたことを思い出す。

「あの、高塚さん。小田切さんが結婚したのって」

いつごろですか、と訊こうとした木村の質問が終わらないうちに、高塚の答えが返ってきた。

『小田切さんは独身だよ』

「え、でも……」

遥子さんは、と言いかけて気づいた。同居していても入籍していないカップルもいる。法律上の夫婦ではなくても、対外的には妻として認識されている、いわゆる事実婚の夫婦はそう珍しくもなかった。

独身、と言われて一瞬戸惑ったが、法律婚はしていない、という意味だろう。

「あ、じゃあ、遥子さんは内縁の」

『妻じゃないよ』

気を取り直して言いかけた木村の声を、また遮って高塚が否定する。

電話ごしなので、高塚の表情がわからない。

声からは何も読みとれない。

(それって)

どういう意味だ。

理由もわからないまま、不安になる。

混乱する木村に高塚は、ただ事実を告げるだけの平坦な声で言った。

『小田切遥子は、小田切惣太の娘だよ』

言われてみれば、小田切も遥子も高塚も、二人が夫婦だとは言っていなかった。

日本人の親子にしては距離感が近いので、年の差はあっても似合いの夫婦のように見えていたが、考えてみれば、海外ドラマや映画では、父と娘が頬にキスをしたり抱き合ったりすることは通常のスキンシップとして行われている。小田切は海外で仕事をすることもあるようだから、影響を受けているのかもしれない。

配達員も誤解していたのだろう。遥子は、いちいちその誤解を正さなかっただけだ。

(そうか、勘違いか)

ということは、遥子は独身ということか、と、ふと頭をよぎった思いに、歩きながらぶんぶんと首を振る。

それが何だ。

断じて自分は、依頼人の娘を邪な目で見たりはしない。

(確かに美人だし、正直好みだけど)

もう一度だけ首を振り、小田切邸の前に立つ。

呼び鈴を鳴らすと、遥子がインターホンごしに応対してくれた。

木村の声を聞いてドアを開けてくれた彼女は、驚いた顔をしている。返却書類があるので届けに行くと連絡を入れていたのだが、木村が来るとは思っていなかったらしい。

「わざわざ届けてくださったんですか？　弁護士の先生が……事務の方がいらっしゃるものと思っていました」

「ああ、いえ、たまたま近くまで来る用があったので」

高塚が事務局に発送準備を頼んでいたのを、自分が寄って渡してくると申し出たのだ。憧れの芸術家に会いたいというミーハーな気分からではなく、まして遥子が独身だと判明したからでもない。本当に近くに行く予定があったのと――下心があるとすれば、この機会に小田切の自宅に展示されている作品群を見せてもらいたいという思いがあったからだった。

小田切邸は一階部分の外側、ガラス張りの廊下部分が作品の展示スペースになっていて、庭から見えるようになっている。前回訪ねたとき、自由に見て回っていいと小田切から言われていたが、あの日は次の仕事の予定もあって、ゆっくり見せてもらう暇がなかった。

「あとこれ、掛川のお家の写真です。懐かしいとおっしゃっていたので、よかったら」

「まあ、ありがとうございます」

返却書類と一緒に、封筒に入れた数枚の写真を手渡す。遥子は早速（さっそく）封筒から写真を出して見て、目を細めた。

「ご近所の、ええと……ご婦人方、鈴木さんと……小沼さん、とか、皆さん、お二人によろしくとおっしゃっていました。お元気そうでしたよ」

「そうですか。懐かしいです」

ありがとうございましたと、改めて頭を下げられる。丁寧な仕草にこちらが恐縮した。

年齢の割に落ち着いているから、配達員が奥さん、と呼びかけたのもわかる。

作業中だという小田切の邪魔をするのは憚(はばか)られたので、本人には挨拶せずに、今日はガラス越しに展示してある作品だけ見せてもらって帰ることにした。

郵送でもいいものをこちらの都合で持参しただけなのに、気を遣わせてしまうのは申し訳ない。お茶くらいは、という遥子におかまいなくと断って、展示を見せてもらうことだけ了承してもらった。

小田切さんによろしくお伝えください、と頭を下げ、玄関のドアが閉まるまで待って、玄関前のスペースから、細長い中庭に入った。

小田切邸は、西側に玄関、東側に庭と一体化したアウトドアリビングがあり、そこから北と南の壁に沿って、片面がガラス張りになった廊下が続いているという、変わった構造をしている。

その廊下の壁に、小田切の描いた絵や、小品が額に入れて飾ってあり、アウトドアリビングにあるオブジェと同じように、庭から眺められるようになっていた。個人の住宅というよりは、小さな美術館のような造りだ。

個人宅の敷地内なので、一般人が許可なく足を踏み入れることはできないだろうが、客として来た人間は外からでも中からでも、好きに見て回ることができる。むしろそのためにこういう構造にしたのだと小田切は言っていた。

夜間は警報装置をオンにしているので、日が暮れてから来るときはひと声かけてくれと言われたが、日中は近所の人たちにも開放しているらしい。

(役得だ)

家の周囲、玄関部分を除いた三面をぐるりと囲む塀と、建物との間にある、帯状の庭——というのか道というのか——を歩きながら、時間をかけて一つ一つの作品を堪能する。

木村はもともと、美術方面に詳しいわけでもないし、特に興味があったわけでもなかった。むしろ学生時代は映画ばかり観ていたのだが、何気なく観た大作ファンタジーが、小田切の作品に興味を持つきっかけになった。

小田切が映画の美術を任されることになった経緯については、雑誌で読んだ範囲でしか知らないが、小田切が美術協力をしていたロックバンドのプロモーションビデオを観た有名映画監督が、彼を自作の映画の美術担当に大抜擢したらしい。

映画は日本でも大ヒットして、小田切も一躍その名を知られるようになった。

そして木村も、小田切の作り上げた、スチームパンクとファンタジーが混ざり合ったような、少年心をくすぐる世界観に夢中になった一人だった。

小田切邸の廊下に飾ってある作品は、比較的シンプルなものが多かったが、どれもが小田切惣太のエスプリを感じさせる佳品で、見ていて飽きない。

ちょうど半分ほど進み、緩やかな角を曲がると、アウトドアリビングに小田切がいるのが見えた。

白い石の塊のようなものを抱えて、何か作っているようだ。作業場もあるはずだが、今日はここで作業しているらしい。

（作品制作中の小田切惣太だ）

興奮して、思わず注視してしまいそうになるが、邪魔をしては悪い。木村が視界に入るだけでも、集中力が途切れてしまうかもしれない。

小田切は自分の手元を見ていて木村に気づく様子もなかったが、足音をたてないようにそっと通り過ぎた。

反対側の廊下にも、南側と同じように展示があったので、こちらもじっくり眺めながら歩く。

全ての作品が素晴らしかったが、どちらかというと、南の廊下にあった作品群のほうが好みだった。初めて小田切の作品に触れた映画の世界観に、若干近かったということもある。

（あっち側の展示も、もう一回見ておこうかな）

許可をもらっているとはいえ、あまり長く敷地内をうろうろしているのも気が引ける。あと少しだけ、一回だけ南の廊下の展示を見て、そうしたら帰ろう、と決めて、歩いてきたばかりの道を引き返した。

玄関側を回らず引き返したのは、作業中の小田切を、もう一度、ちらりとでも見られたらという気持ちもあったからだ。

作業の邪魔をしないよう、そっと横切りざまに見るくらいなら許されるだろう。

アウトドアリビングを木の陰からそっと覗くと、先ほどと同じ場所に小田切がいて、その隣に遥子もいた。

木村が持って来た写真を、小田切と二人で見ているところらしい。ベンチに並んで座り、写真を見て何か話していた。

(仲いいんだなあ)

距離が近い。夫婦ではなく親子のスキンシップだと今は知っているが、そうでなければ見ているだけでどきりとしてしまうような近さだ。

親子の団欒(だんらん)を邪魔するのは申し訳ないし、たとえ彼らに気づかれなくても、あの二人の前を横切る気にはなれない。

やっぱり玄関側から回ろうかな、と思いかけたとき、座ったままの小田切が、ベンチの上に置かれた遥子の手をとるのが見えた。写真を持っていないほうの手だ。そのまま指を絡ませ、二人は見つめ合う。

どちらからということもなく近づいて、もともと近かった距離が、なくなった。

(え?)

目を瞠って、確認して、それから慌てて目を逸らし、木の陰に隠れた。

（今のって）

自分が見たものの意味がわからなくて混乱する。

親愛のキス、家族愛のハグ、とは違う。違うということは、さすがにわかる。

見てはいけないものを見た、と直感した。

驚きと緊張と、罪悪感で心臓が鳴っていた。

そっと、しかし急いで、踵を返す。

とにかく、この場を離れなければ。

目撃してしまったのは偶然だが、これ以上は、覗き見以外の何物でもない。

北側の廊下の角を曲がり、玄関側に出て、胸を押さえた。

鼓動はまだ収まらない。

建物にもたれて、呼吸を整える。

自分が見ていたことに、彼らは気づかなかっただろうか。

目は合っていないはずだが、それだけが不安で、そろりと建物の陰から顔を半分出して振り返る。

ちょうど遥子がアウトドアリビングを出て、廊下を歩いてくるのが見え、慌てて首を引っ込めた。

（気づかれた？）

収まりかけていた鼓動が跳ね上がる。

走って逃げればよかったのかもしれないが、足が動かなかった。

もしまだ遥子が木村に気づいていなかったとしても、今走り出せば、足音が聞こえて不審に思われ、結局覗き見していたことを知られてしまうだろう。

木村は息を殺して、彼女が行き過ぎるのを待った。

(……あれ)

しかし、廊下を歩く足音が、いっこうに近づいてこない。

自分が気づかないうちに行ってしまったのだろうか。もう一度覗いてみると、遥子はまだ、廊下の途中で立ち止まったままだった。

ひやりとしたが、彼女はうつむいていて、こちらに気づいた様子はない。

長い髪が顔にかかって、表情を隠していた。けれど細い肩が震えていて、彼女が泣いているのは明らかだった。

ぎゅ、と心臓をつかまれたような気分になる。

声をかけることなどできない立場だったけれど、駆け寄って肩を抱きたくなった。

いっそ、覗き見を咎められてもいいから、顔をあげてくれたら、そして自分に気づいてくれたらと、馬鹿なことを思う。

そうしたら、どうしたんですかと訊けるのに。

しかし彼女は顔をあげなかった。何かに耐えようとするかのように、両手で口を押さえ、声を殺していた。

＊　＊　＊

思えば、彼らが親密な関係であることは、疑う余地もなく明らかだった。彼らの距離は、親子にしては近すぎた。

配達員が遥子を奥さん、と呼んでいたのも、彼もまたそう感じていたからだろう。二人でいるところを見て、木村も自然に、彼らを夫婦だと思ったのだ。

しかし、思い返してみれば、初対面のときから、遥子はどこか浮かない様子だった。かいがいしく小田切に尽くしていたし、笑顔を向けてもいたが、何か、心に引っ掛かるものがありそうな、憂いを帯びた表情だった。

しかし、その意味までは、木村には知りようもなかった。

恋人同士のようなキス。どう見ても、親子という雰囲気ではなかった。そして、その後、遥子は一人で泣いていた。

一度に色々なことがありすぎて、頭の整理がつかない。

時間がたって、ようやく少し落ち着いてきて、頭に浮かんだのは、高塚は知っているのか、という疑問だった。

しかし、高塚に、どうやってそれを確かめればいいのかもわからない。

（ものすごくプライベートなことだし……第一、依頼内容には関係ないことだし）

依頼に関係しない以上、木村には、彼らの事情に立ち入る理由も必要もない。見間違いだろうがそうでなかろうが、何の関係もないのだから、見なかったことにするべきなのかもしれない。しかし気になる。だって遥子は、泣いていたのだ。

（でも、それこそ、俺には関係ないっていうか）

高塚に話したところで、それを気にするのは弁護士の仕事ではないと一蹴されて終わりそうだ。それとも、あれだけ痛い目を見ても忠告されてもまだ懲りないのかと、今度こそ本気で呆れられるだろうか。

デスクで頭を抱えていると、後ろから、誰かに手元を覗き込まれる気配がした。

「それそんな複雑な案件だっけ、交通事故の」

「あっ、……高塚さん、お疲れ様です」

「うん。何か、すっごい頭抱えてなかった？　俺が振ったやつだよね、それ」

デスクの上には、高塚から回ってきた、顧問先の役員の息子の刑事事件のファイルが広げてある。検討しようと棚から出してきて、そのままになっていた。

全然関係ないことで悩んでいましたとは言えなくて、はい、あ、いいえ、と口ごもる。

「いえ、あの、大丈夫です。危険運転致死傷にはならなそうです」

「そっか、よかった。木村くんがやってくれて助かるよ、上の先生たちは皆経験ないから」

もともと、この事件を引き受けたのは事務所の経営者弁護士だったのだが、彼が司法試験に合格したのは、危険運転致死傷罪という罪自体が存在しない時代だった。受けたはいいが、俺はわからん、とその事件のファイルは事務所で一番有能な若手弁護士である高塚へと渡され、高塚から、「そういえばちょうど手の空いている弁護士がいます」と木村に回ってきたのだ。

確かに危険運転致死傷罪は、平成十三年の刑法改正により、新しく追加された罪だ。その後新法に独立した規定ができたが、それもごく最近、平成二十五年のことだった。

法律は時代に合わせて変わっていくものであり、マイナーな法律や細かい条文まで、すべてを常に最新の情報にアップデートできている弁護士はそう多くないだろう。そういう意味では、新人弁護士のほうが、最新の法律を勉強していると言えなくもないが——自動車の死傷事故に関する法律は、決してマイナーではない。それを、先輩弁護士たちが把握していないはずもない。第一、高塚が司法試験に合格したのは、平成十三年より後のはずで、要するに、木村は面倒な仕事を押し付けられた形だった。

「法律って、思っていた以上に変わるものなんですね。司法試験の勉強してたときは、法律は絶対、みたいなイメージだったけど」

「まあ、そりゃ、時代が変わればね」

大昔に作られた法律でも、その定めるところに反しない範囲で個別の事件につき妥当な解決を導けるのなら、法律の古さが問題になることはない。現実に起きた事件の中で、妥当な解決のためには法律のほうを変えるしかない、時代にそぐわないということになったときに初めて、裁判の中でその是非が判断されることになる。

裁判所によって法律が憲法違反であるとの判決が出るということは、絶対であったはずの法律が「正しくない」という結論が出るということだ。裁判所も、そう簡単には憲法違反の判決は出さないが、色々なハードルを乗り越えてそういった判決が出れば、国会も動く。そうして、時間をかけて、法律は改正される。

「俺が受験のときに暗記した法律も、これから変わっていくんだろうなあ……非嫡出子の相続分とかもそうですし」

「そうそう。尊属殺とかね、今の価値観で考えれば、もともとそんな規定があったなんてこと自体が信じられないくらいだけど、当時はそれが法だったんだから。しかもほんの二十年前の話だよ」

尊属殺。

何気なく出てきた具体例に、木村はどきりとする。

日本ではかつて、自分や配偶者の直系尊属――つまり両親や祖父母を殺した者について、通常の殺人罪とは別の、より重い、尊属殺人罪が適用されていた時期があった。子は親を敬うべきであるとする、道徳観に基づいて作られた規定だ。

通常の殺人罪が、当時懲役三年以上の罪だったのに対し、尊属殺に対する刑は、無期懲役か死刑しかなかった。それだけ、この国において、親殺しは重罪とされていたわけだ。

しかし、ある事件がきっかけで、その法律は改正されることになる。

木村も、ロースクールにいた頃、判例を読んだことがあった。

尊属殺重罰規定違憲事件として知られる、その事件の加害者は二十代の女性で、被害者はその実父だった。

自宅で、娘が実父を紐で絞殺した、尊属殺人事件。法律に従えば、彼女に科される刑は、死刑か無期懲役かしかない。

しかし、捜査と裁判の過程で、彼女は中学生の頃から継続的に父親から性的虐待を受け、近親相姦の末子どもを何人も産み、実の父親と夫婦同然の生活を何年も続けていたということがわかった。

彼女が、職場で出会った別の男性と結婚したいと申し出たところ、父親は激怒し、彼女を罵倒し、監禁して暴行したという。十日余りの監禁の末、極限状態になった娘は、とうとう父親を殺害してしまった。

彼女が十五年にもわたり父親による虐待に耐えていたのは、自分が逃げ出せば、次は妹が同じ目にあうと考えたからだったそうだ。

追い詰められた女性が、耐えきれず、不安定な精神状態で起こした事件だった。

殺意はあったのだろう。尊属を殺したということも間違いない。しかし、明らかに、死刑も無期懲役も、彼女には重すぎる刑罰だった。

結論として、裁判所は、親殺しは無期懲役か死刑、と定めた刑法の規定自体を憲法違反であると判断し、彼女に通常の殺人罪を適用した。確か、諸事情を考慮して、彼女には執行猶予が付されたはずだ。

この事件の後、判決を踏まえ——時間はかかったが——尊属殺に関する条文は、刑法から削除された。

(確かこの事件でも、近所の人たちは、子どももいて、ずっと一緒に生活している父娘を、夫婦だと認識してたんだよな……)

しかし彼らが見ていたのは、本当は、父と娘であり、虐待の加害者と被害者だったのだ。

ふと、肩を震わせて泣いていた遥子を思い出す。そして、慌てて打ち消した。

違う。小田切と遥子の間に流れていた空気は、穏やかだった。

あの二人が父娘であり、恋人同士であるとしても、それがどちらかの意に反してのことではないのなら、無関係な人間が口を挟むことではない。

(意に反してのこと、じゃ……ない、よな?)

不安になるのは、遥子のあんな表情を見てしまったからだ。

遥子が何かに悩んでいるとしても、木村には、そこに踏み込む理由も権利もないのだが。

「……高塚さん、あの、小田切さんのことなんですけど……」

言いかけたとき、事務員の女性が高塚を呼んだ。

「先生、小田切さんからお電話ですが」

「ありがとう、ちょっと待って」

自分の席に戻るより早いと思ったのか、高塚は木村のデスクの電話機を操作して電話を受ける。

高塚が意外そうに、遥子さん、と呼びかけたので、電話の相手が小田切惣太ではなく、遥子のほうだとわかった。

一言二言、言葉を交わし、高塚の眉が寄せられる。

良い話ではないらしい。その声から緊張を感じて、木村も姿勢を正した。

「それで、容体は？　……そうですか。病院はどこですか？　……わかりました。明日うかがいます」

短い会話の後で高塚は電話を切る。

木村のほうに向き直ると、小田切さんが救急車で運ばれた、と、硬い表情で告げた。

＊　　＊　　＊

病院の廊下は消毒液の匂いがした。

ベージュ色のワンピースを着た遥子が、一番端の病室から出て来る。

顔色はあまりよくなかったが、一晩たって落ち着いたのか、取り乱した様子はなかった。

「すみません先生、わざわざ病院まで」

こちらまで、数メートルの距離を歩いてきて、高塚と木村それぞれに丁寧に頭を下げる。

まずは遥子がしっかりしていることに安心した。小田切が今まさに生死の境をさまよっているような状態なら、こんな風に落ち着いてはいられないだろう。

多分過労だ、と高塚が言っていたが、過労で命を落とす人もいる。

「話はできますか？」

「はい。さっき目を覚ましたところです」

高塚は小田切の病室へ行き、木村は病室の外に、遥子と残った。

遥子は、たった数日で、少し痩せたように見えた。もともと華奢な輪郭が、ますます頼りなげに映る。

「……大丈夫ですか」

木村の問いかけに遥子は、はい、と伏し目がちに答える。

「これが初めてじゃないんです。作品に集中すると、食事も睡眠もおろそかになってしまうので……」

やはり過労で倒れたようだ。

そういえば初めて会ったときも徹夜明けだと言っていたし、高塚も、根を詰めるなと小田切に注意していた。

前にもこんなことがあったらしいが、慣れれば平気になるというものでもないだろう。気丈にふるまっていても、さすがに、遥子の横顔には心労の色が浮かんでいる。

「もう目を覚ましたんでしょう？　大丈夫ですよ」

「はい……」

木村の言葉に頷きながらも、彼女は浮かない顔だ。父親が過労で倒れたのだから当たり前なのだが、思えば彼女は初めて会ったときから、どこか憂いを帯びた表情だった。

笑っていても、小田切と一緒にいても。

助けてほしいとも話を聞いてほしいとも言われていないのに、お節介をしたくなってしまうのはきっとそのせいだ。

（小田切さんと貴女（あなた）は、恋人同士なんですか。父と娘という関係を、まわりには隠しているんですか）

それは本当に、貴女が望んだことなんですか。

訊くだけでも無礼な質問だと、自覚はあった。だから喉から出かかっても、なかなか言葉にはできなかった。

迷いながら、木村が質問を口に出せずにいるうちに、遠くでエレベーターの着く音がする。

ヒールの靴音が近づいてきたので振り返ると、高価そうなワンピースを着た中年の女性と、小太りの男性がこちらへ向かって歩いてくるところだった。どこかの病室への見舞い客だろう。木村は少し壁際に寄って、彼らのために道を空けた。

男性の先に立っていた女性は、遥子を見て足を止め、あら、という顔をする。

遥子は両手を身体の前で重ねて頭を下げた。知り合いのようだ。

「貴女もいたの」

遥子に向ける目も、声も冷たい。男のほうに至っては、こちらを見ようともしなかった。

遥子は表情を変えず、短く答える。

「……家族ですから」

男が鼻を鳴らした。

二人はそれきり何も言わずに通り過ぎ、小田切の病室へと消える。

「あの人たちは……？」

「小田切の、実家の人たちです。お姉さんと、お兄さん」

そうではないかと思っていた。女性のほうの鼻筋や目元が、小田切に少し似ていた。

しかし、あの態度。

小田切の兄姉なら、遥子は、彼らにとっては姪にあたるはずだが、彼女へ向ける目はまるで、弟をたぶらかす愛人か何かを見るようだった。

もしや、と思い当たる。

「あの人たちは、遥子さんのことを知らないんですか?」

娘とは知らず、配達員や木村が誤解していたように、彼女を小田切の若い妻――もしくは、恋人だと思っているのかもしれない。財産目当てで資産家の弟に近づいたんだろうと穿った見方をしているのだとしたら、彼らのあの態度も理解できる。

言葉の足りない質問だったが、木村の意図するところを汲み取ったらしい遥子は、特に傷ついた風もなく頷いて肯定した。

「ずいぶん長い間、没交渉だったそうですから」

彼らはすぐに病室から出てきた。

高塚に追い払われたのか、それとも小田切本人にかはわからないが、忌々しげな表情から、彼らが歓迎されなかったらしいことは明らかだ。

二人とも、すれちがいざま、ちらりと遥子に目を向けただけで、声もかけないで行ってしまった。

見送って、エレベーターが閉まる音が聞こえてから、遥子が静かに口を開く。

「実家には、高齢のお母さんも……でも、もう認知症が進んで、小田切の顔を見てもわからないだろうって。お父さんは、数年前に亡くなりました。結局、勘当されて家を出てから、一度も会わずじまいだったそうです」

「マスコミに注目されるようになってから、実家から連絡が来たと聞きましたが……」

「お姉さんやお兄さんからは、何度か。でも、小田切はほとんどとりあいませんでした」

親兄姉に娘の存在すら伝えていないというのは相当だが、学生時代から折り合いが悪かったらしいから、そういうものなのかもしれない。

それでもこうして見舞いに来たのだから、家族のほうは歩み寄ろうとしているのではないかと思ったが、遥子に対するあの二人の態度を見た限りでは、小田切とも、とてもうまくやれるとは思えなかった。

しばらくして病室のドアが開き、高塚が出てくる。

こちらへ来て、やれやれというように首を振り、遥子に言った。

「作りかけの作品があるから、退院するとおっしゃっています」

「えっ」

救急車で運びこまれたのは昨日のことだというのに。過労で倒れた人間が何を言っているのだと木村は声をあげたが、遥子は「やっぱりそうですか」と息を吐く。

彼女が小田切を心配していないはずがないが、仕方がないと諦めているようだった。

「担当の先生とお話しして、退院の準備をします」

高塚はそれを、いいとも悪いとも言わない。弁護士が口を出すことではないから当たり前だが、木村は、彼女と小田切がまた、二人きりの家に帰るのか、と思うと複雑な気持ちだった。彼らは何年も前からずっと二人きりだったのに、そんなことを思うこと自体が滑稽だと、わかってはいても。

「入院していたほうが、安心なんじゃないですか？」

「ええ、でも……自宅のほうが、小田切も落ち着けるでしょうし」

本人の希望なら仕方がありませんと、少し眉を下げて微笑む。遥子のいつもの笑い方だ。何かを諦めて、受け入れるような。

何故か胸が痛んだ。

遥子が彼を、小田切、と呼ぶことの不自然さに、何故気づかずにいたのだろう。

彼女が彼を父親として見ていないことに、もっと早くに気がつくべきだった。

そして、彼女に触れる小田切の手も、あれは、そうだ、父親の手ではなかった。

「お父さんと、」

喉が渇いて、声がかすれる。一度口を閉じて、唾液を飲み込んだ。

「……仲がいいんですね」

高塚が、ちらりとこちらを見た気がした。

遥子は目を細め、わずかに顎を引く。頷いたのかもしれない。

何かに耐えるように目を伏せ、穏やかな声で答える。

「尊敬していますし、とても、愛しています。私にとって、たった一人の家族ですから」

だったらどうしてそんな顔をとは訊けなくて、木村は黙っていた。

後悔していた。

＊　＊　＊

小田切惣太は独身で、結婚歴もないという。つまり、遥子は婚外子——婚姻していない男女の間、小田切と、木村の知らない誰かの間に生まれた子ということになる。遥子の正確な年齢はわからないが、二十代半ばだろうから、彼女が生まれたとき、おそらく小田切は三十歳そこそこだったはずだ。家を出て、アルバイトをしながら美大に通っていた頃だ。その頃から家族とは半ば縁が切れていたそうだから、娘が生まれた報告をしなかったことは、まあ理解できる。

しかし、家を出てから三十年近くがたち、家族から連絡を受けるようになってからも、小田切は自分に娘がいることを黙っているらしい。これはいくらなんでも不自然だった。

小田切の姉と遥子は、以前にも顔を合わせたことがある様子だった。それなのに、彼女は遥子を小田切の娘と認識していないようだったし、遥子も、自分から娘だと名乗ろうという気はないようだった。それどころか、恋人か愛人だと思われている様子なのに、それを訂正することもなかった。

（伏せる必要なんてない……というか、本当のことを伝えたほうが、彼女に対する当たりもやわらかくなりそうなものなのに）

おそらく、小田切の実家から連絡が来るようになった頃、小田切の兄姉が遥子と初めて顔を合わせたときには、もうすでに、小田切と遥子は恋愛関係にあったのだろう。ごく自然に、兄姉は遥子を小田切の恋人として認識し、小田切たちもそれを正さなかった。

誤解を解こうとしないのは、それが、誤解とも言えないからか。

戸籍上はどうあれ、実質的には夫婦であり、恋人同士であるからか。

(そう思われていたほうが怪しまれなくて、都合がいいから?)

掛川の家にいた頃は、彼らは近所の人たちに正しく親子として認識されていたようだった。だからこそ、彼らは、自分たちの関係を知る人のいない都会へ、引っ越してきたのかもしれない。

あの配達員がそうだったように、おそらく今の家の隣人たちも、遥子は小田切の妻だと思っている。

尊属殺の法律改正のきっかけになった事件でも、被害者と加害者は、近所の人たちに夫婦として認識されていた。

二人が親子であることなど、戸籍や住民票でも見ない限り確認のしようもない。普通に生活しているぶんには、近所の人たちに知られることはまずないと言っていい。本人たちが夫婦だと言えば、誰もそれを疑わない。言わなくても、勝手に思い込んで、確かめようとも思わないだろう。

（尊属殺の事件のときは、だから誰も、女性の置かれた状況の異常さ、過酷さに気づかなくて、助けの手が差し伸べられることもないままだったんだ）

そして悲劇は起こった。

誰かが気がついていたら、防げたかもしれない事件だった。

（でも、小田切さんと遥子さんのことは、俺たちが知っている）

弁護士には守秘義務がある。

そのせいで人の生命や身体が害されるおそれがある場合は、守秘義務を無視してでも動くべきときがあると木村は思っているが、今がそのときかと問われれば、答えられなかった。

小田切は遥子を監禁などしていない。むしろ大切に、慈しんでいるように見えた。

そして、遥子は子どもではない。判断能力の十分ある、立派な成人女性だ。小田切のもとから逃げようと思えば、いつでも逃げられるはずだった。そうしないのは、彼女の意思ではないのか。

血のつながりなど関係なく、彼を愛していて、一緒にいることを望んでいるのなら――彼女自身が望んでいる関係なら、部外者が口出しをすることはない。正しい関係ではなくても。

（でも……ＤＶ被害者は、大人でも関係なく、冷静な判断ができなくなっていることがあるって……なんで逃げないんだって不思議に思うような状況の中でもひたすら耐え

て、助けを求めることなんて考えもしない人もいるって、聞いた）

木村自身は、ＤＶ案件を担当したことはなかったが、家事事件を主に手がける同業者などからはよく聞く話だ。

ならば、求められなくてもこちらから踏み込まなければ、助けられない場合もあるのではないのか。

（小田切さんと遥子さんは、そんな感じじゃなかったけど）

外から見ただけではわからないこともある。

木村には、彼らは互いを想いあっているように見えた。

しかし、歪な関係でも、長く続けているうち、人は順応することがある。

そしてやがて、自分は不幸ではないと、これは自分が望んだことだと、自分自身でも気づかないうちに思い込む。受け入れることで自分を守る。

現在の遥子が、小田切との関係に不満をもっていなかったとしても、そうなる過程で、彼女の自由な意思が阻害されていたのなら――。

「木村くん、定款ってもう届いてる？」

高塚に声をかけられ、結論の出ない思考に沈んでいた意識が浮上した。

慌てて立ち上がり、デスクの上を探す。

自分から届けにいくべき書類を、先輩に取りに来させてしまった。

「はい。司法書士の先生から、さっき……ええと……これです、どうぞ」

司法書士事務所のロゴ入り封筒を見つけて、両手で高塚に渡す。

高塚は封筒から冊子状になった財団法人の定款を出し、ぱらぱらとめくってから頷いた。

「うん、ＯＫ。あとはこっちでやるよ」

「ありがとうございました。勉強になりました」

頼んで手伝わせてもらった仕事だ。頭を下げて礼を言う。

それから、

「高塚さん」

定款を封筒にしまい、歩き出そうとしていた高塚を呼び止める。

思い切って言った。

「俺、小田切さんと遥子さんが、一緒にいるのを見ました。親子って感じじゃなくて」

一度言葉を切り、息を吸って、言葉を選んで続ける。

「……恋人同士みたいに。二人きりでいるところを、偶然見ちゃったんです」

高塚は、ゆっくり瞬いて、木村を見た。

驚いた様子はない。

おもむろに左手に持っていた鞄を近くの椅子の上に置き、封筒をその中にしまった。

「あの二人は親子だよ。少なくとも、法律上はね」

「でも、」

こちらを見ずに答える平坦な声に、確信する。

高塚は、二人の関係を知っている。

「……高塚さんは、おかしいと思わないんですか。こんなこと」

「おかしいかな」

高塚は鞄の金具を留め、顔をあげて木村を見た。

「彼らが選んだことだからね」

守秘義務があるからね、でもなく、弁護士の仕事とは無関係だからね、でもなく、そんなことを言う。

意外だった。

どうやら高塚は、木村が知らないことも知っているらしい。

「……これから外出ですか？」

うん、といつもと変わらない顔と声で答えて、高塚は鞄を取り上げる。

「小田切さんと会うんだ。今日は一緒に来なくていいよ」

お疲れ様、と木村に一言残して、高塚は出て行った。

＊　＊　＊

高塚は、小田切に関係する仕事を木村に振ってこなくなった。

単に、必要な作業が一段落ついたからだろう。

高塚自身は、ときどき小田切と会ったり、電話で話したりしているようだったが、その頻度は低くなったようだ。木村の知る限りでは、だが。

病院で会ったきり、遥子とも小田切とも、会っていなかった。

あれから、二ヵ月ほどが過ぎていた。

木村は、長く考えた末、小田切邸に電話をかけた。思ったとおり遥子が出て、木村の「個人的なお願い」を、快く受け入れてくれた。

小田切邸の玄関ドアの前に立ち、インターホンの呼び鈴を押す。遥子の声が応じ、すぐにドアが開いた。

高塚には言っていない。

今日ここへ来たのは、弁護士としてではなかった。

「こんにちは、図々しいお願いをしてすみません。お庭の作品を、どうしても、もう一度見せていただきたくて」

「いいえ。そんなに気に入っていただけて、小田切も喜びます。今日はちょっと、外出しているんですけど」

出迎えてくれた遥子は、二ヵ月前と変わらずきれいだった。とりあえず元気そうで、ほっとする。

「どうぞあがって、お茶を飲んでらしてください。何もありませんが」

「いえ、お庭から見せていただいて、すぐに帰りますから」

主の留守中に、あがりこむ気はなかった。

今日ここへ来た目的は一つだけだ。小田切惣太の作品すらも口実だった。

「その前に一つ、訊かせてください」

姿勢を正し、まっすぐに遥子を見る。

「遥子さん。俺も、高塚も、弁護士です。依頼人の秘密は、必ず守ります。厳密には、依頼人は小田切さんで、遥子さんではありませんが」

その上で、お訊きします。

言い置いて、深呼吸をした。

そして、彼女から目を逸らさずに言う。

「遥子さん、俺に、できることはありますか。話したいことが、もしあるなら」

こんな問いかけをすること自体が、小田切の弁護士としては失格だとしても。

「何でも聞きます」

覚悟を決めて、本気で言った。

自分でも、踏み込みすぎだということはわかっている。

考えて考えて、出した結論だった。

遥子は驚いた顔をしている。

その表情が、ゆっくりと、微笑みに変わった。

「ありがとうございます」

微笑ましいものを見るように目を細め、わずかに首を傾げるようにして尋ねる。

「以前、お庭で、何かご覧になりましたか？」

木村が答えられずにいると、ふふ、と小さく、口元に手をあてて少女のように笑った。

それから顔をあげ、

「私、幸せです。大丈夫です」

木村に、迷いのない笑顔を向ける。

「正しくなくても、幸せなんです。心配してくださって、ありがとうございました」

両手を身体の前でそろえ、背筋を伸ばして、はっきりと言った。

彼女はもう、儚げには見えない。

高塚の言うように、彼女は、誰に何と言われようと、誰とどう生きるかを、自分で選んだのだ。

木村にできることは何もなかった。

木村が彼女と再会したのは、それから半年ほど後のことだった。

木村は、来週中に裁判所に提出する報告書を作っていた。

日中は外出の予定がなく、夜は司法修習生との飲み会に駆り出される予定だったはずの高塚が、コートと鞄を手に持って慌ただしく席を立ったので、どうかしたのかと思って呼び止める。

「高塚さん?」

「小田切邸に行ってくる」

高塚は足を止めて木村を見、痛みをこらえるような顔で言った。

「小田切惣太が亡くなった」

＊　＊　＊

通夜もまだだというのに、高塚は、書類一式を持って小田切邸へ行くという。

葬儀や通夜の準備で忙しいだろう時期に、行っても迷惑なのではと思ったが、

「葬儀の前に行ったほうがいいんだよ。多分揉めるから」

高塚は木村の顔色を読んだかのようにそう言った。

「揉める?」

「喪主を誰がやるのかとか」

言われてはっとする。

小田切が亡くなったとなれば、当然、実家からあの兄姉も訪ねて来るだろう。

遥子がひとりで、味方もなく、あの蔑むような目や声に晒されることを想像して、いてもたってもいられなくなった。

小田切を失ったばかりの、彼女が。

「何かあったら頼むって、言われてたからね」

「そうだったんですか。それで……」

頼まれもしないのに、依頼人の死後にその家族のためにフォローをするというのは、高塚らしくないと思っていた。これも仕事のうち、想定内だったということだ。

（ってことは）

「小田切さん、病気で亡くなったんですか？」

後のことを弁護士に言い残したということは、そういうことだ。

小田切は四十代で、普通なら、自分の死後のことを気にして弁護士に指示をしておくような年齢ではなかった。

「自分が長くないこと、知ってたんですか」

高塚はそれには答えない。

時計を見て、それから、木村へ視線を戻し、一緒に来る？　と訊いた。

「行きます」

パソコンの電源を落として立ち上がる。

小田切邸には、思った通り、病院で会った小田切の兄姉も来ていた。

木村の思い込みかもしれないが、ドアを開けてくれたときの遥子が、ほっとした顔をした気がして、来てよかったと思った。

高塚と木村がお悔やみを言うと、黙って頭を下げる。

遥子は、思っていたよりしっかりしていた。ただ、顔色はよくない。眠れていないのだろう、目の下に、小田切のような隈があった。

木村達がリビングに入っていくと、ソファに座っていた二人が顔をあげる。

黒いガラスのコーヒーテーブルには、コーヒーカップが二人分だけ置いてあった。

高塚が小田切惣太の弁護士だと自己紹介をすると、女性のほうは値踏みするような目で、男性のほうは警戒するような目でこちらを見て、それぞれ、小田切惣一と亜結子と名乗る。

よろしく、とおざなりに――それでも表面だけは愛想よく挨拶をして、高塚は鞄からA4サイズの封筒を取り出した。

「私は小田切さんから死後のあれこれを任されているんですが、まずは葬儀についてですね。遺言に、喪主の指定があります。葬儀費用は預託金がありますからご心配なく」

亜結子が、ソファから腰を浮かせる。

「遺言？　遺言があるの？」

「はい。また改めてご説明しようと思っていたんですが、ここに。公正証書遺言です」

高塚は冊子状の遺言書を封筒から出して開き、

「この遺言の中で、小田切惣太さんは、喪主に小田切遥子さんを指名しています」

とん、と指先で該当箇所を示しながら言った。

「小田切遥子……？」

惣一と亜結子が顔を見合わせ、それから、遥子を見て眉を寄せる。

「入籍してたの？　聞いてないわ」

「戸籍謄本もこちらにご用意しましたので、確認していただいてもかまいませんよ」

「……ちょっと待って、じゃあ、この女も相続人ってこと？」

「もちろんです」

相続法については惣一より、亜結子のほうが詳しいようだ。遥子が小田切の姓を名乗っていることの意味を、すぐに相続権に結びつけた。

ただの愛人だと思っていた遥子に相続権があるという事実は想定外だったらしい、悔しげに高塚を睨みつけている。

話についていけていなかった様子の惣一も、相続、という言葉を聞いて色めき立った。

「その遺言に、遺産のことも書いてあるのか？　軽井沢の別荘とか、横浜の投資用マンションとか……そういうのを、誰にやるのかってことも」

「それらの不動産は、財団法人名義になっています。相続財産にはなりません」

高塚がそう答えると、法人、とおうむ返しに言って、惣一は亜結子を見る。亜結子が、私に訊かないでよというように首を振った。

「今おっしゃった不動産は、生前に処分されているため、小田切さんの財産ではないとごく簡潔に説明して、高塚は手にした冊子をぱらりとめくる。亜結子や惣一には見せず、自分の手元に引き寄せて、視線も彼らではなく紙面に向けたままだ。

「相続の対象となる財産目録ならここにありますが、今は相続の話をするときではありませんね。それ以前に、あなたがたは、相続人ではないので」

惣一は、どういうことだ、と声をあげたが、亜結子のほうは落ち着いたものだった。言われるまでもなく、自分たちが小田切惣太の法定相続人でないことは知っていたらしい。

資産家の弟に万一のことがあった場合について、弁護士に相談したことがあるのかもしれない——というのは穿ちすぎかもしれないが、そうでなくとも、小田切の実家はそれなりに裕福な名家で、父親も他界しているらしいから、相続について調べたことがあったとしても不思議はなかった。

被相続人が独身で子どももいない場合は、財産はすべて、親が相続する。結婚している場合は、子どもがいれば配偶者と子どもが、子どもがいなければ配偶者と親が相続人になる。

兄弟が相続人になるのは、被相続人に親も子もいない場合だけだ。

小田切が結婚していようがいまいが関係なく、彼らには相続権はない。

「でも、母さんは惣太の相続人よ。母親なんだから。私は母の後見人として、ここへ来ているの」

亜結子はソファにもたれかかり、尖った顎をあげる。

高塚の手の中の遺言書を見やり、そんなものは怖くないという顔で言い放った。

「たとえ不利な内容の遺言が作られても、相続人には遺留分を主張する権利があるんでしょう」

その知識は正確ではないが、おおむね間違ってはいない。

被相続人の兄弟を除く法定相続人には、法律により、相続財産のうち一定の割合を受け取れる権利が保障されている。この、遺言の内容、被相続人の意思に関係なく、最低限保障された取り分を、遺留分という。たとえば財産すべてを妻に残すという遺言があっても、被相続人の子や親など、妻以外の相続人は、遺言の内容が遺留分を侵害しているとして、被相続人の妻に自分の取り分を請求することができるのだ。

(でも、小田切さんの相続人は)

木村はそのとき気づいた。

高塚も、木村が気づいたことを、察したようだ。

ほんの一瞬視線が交わったが、高塚はすぐに視線を亜結子へ戻し、淡々と告げる。

「残念ながら、お母様にも法定相続権はありません。ですから、遺留分の侵害もありません」

「どういうこと？　勘当して親子間に交流がなくても法律上、相続権はなくならないって弁護士が……」

「その通りですが、勘当しているかどうかは問題ではないんです。法律上、親が相続人になるのは、被相続人に子どもがいない場合のみですが、小田切さんにはお子さんがいらっしゃいますので」

さすがに、亜結子の顔色が変わった。ソファから身体を起こし、高塚の一歩後ろに立っている遥子へ、鋭い目を向ける。

「何よそれ。私たちに何も言わないまま結婚して、子どもまで作ってたわけ？　そんな話」

「思い違いをされているようですが、小田切惣太さんは結婚はしていませんよ」

するりと高塚が口を挟んだ。

「遥子さんは小田切惣太さんの妻ではなく、娘です。二年前から、小田切さんの籍に入っています」

戸籍謄本をガラステーブルの上に滑らせ、小田切惣太の名前と、その下に書かれた遥子の名前を指す。

亜結子と惣一が目を剝き、顔を見合わせた。そのまま、テーブルに身を乗り出して覗き込む。

立ったままの木村にも、小田切遥子の続柄欄に書かれた、その文字が見えた。

（「養女」……）

独身男性が女の子を養子にすることは、国内ではほぼ認められることはない。だから、遥子が娘だと聞いたとき、当然実子なのだと思い込んでしまった。

しかし、養子となる側が成人していれば、双方の合意さえあれば、自由な意思で養子縁組ができる。

「養女⁉ そんなこと……日本では、独身じゃ養子はとれないはずじゃ」

「詳しいですね。でも、それは未成年者と養子縁組する場合です」

高塚は冷ややかともいえる口調で亜結子の言葉を遮り、すらすらと言った。

「被相続人に妻がいて子どもがいない場合は、確かに、妻と両親が相続人になりますが、被相続人に子どもがいる場合、両親は相続人から外れます。被相続人が独身で子どもがいる場合、相続人は子ども一人……遺言がなくても、全財産を子どもが相続することになります。この場合は、遥子さんですね。遺言は手続を簡単にするための、財産目録を兼ねた説明書のようなものですよ」

ちなみに遺言執行者は私です、と付け加える。

亜結子も惣一も、口を挟むこともなく、ただ呆然と聞いていた。

「遺言がなくても、小田切惣太さん個人名義の財産はすべて、お嬢さんの遥子さんが相続することになりますが、この遺言書にも、全財産を彼女に相続させるとの一文があります」

彼らの顔を見れば、これ以上念を押すまでもなく、彼らが十分に自分の立場を——母親も含めて、彼らが小田切の財産を一円も受け取ることができないということを——理解しているらしいことがわかったが、高塚は容赦なく続ける。

「親兄姉には一円も渡したくないし、小田切の墓にも入らない。これが小田切さんの、実家の皆さんへの遺言です。確かに伝えましたよ」

亜結子も惣一も、脱力したかのように、ソファに背を沈めた。

遥子は終始無言だった。

じっと、静かに、下を向いていた。

彼女は、この日が来ることを知っていた。小田切も。だから彼らは、準備をしていたのだ。二年前から。

木村はやっと、小田切惣太と遥子の関係を、その意味を理解した。

＊　＊　＊

惣一と亜結子が去り、高塚が別の仕事のために事務所へ戻った後、木村は小田切邸に残った。

通夜の準備のために葬儀社の担当者が来るまでの間、遥子を一人にするのが心配だったからだ。

しかし、木村が思っていた以上に、遥子は落ち着いていた。

「病気はずっと前からで、覚悟はしていたんです」

小田切も、私も。

そう言って、木村のために新しいコーヒーを淹れてくれる。

その穏やかな表情を見て、もう随分前から彼女が、この日のために心の準備をしていたらしいことがわかった。

遥子はソファセットの、木村の対角線上の席に腰を下ろす。

そうして、担当者を待つまでの間、小田切とのことを話してくれた。

遥子が小田切と初めて会ったのは、十二年前。中学生のときだった。一緒に暮らしていた母親が恋人を作って家に帰らなくなってしまったので、当時彼女は一人暮らしのような生活をしていたという。

一駅分歩いた先にあるスーパーのタイムセールの帰り、遥子が公園の前を通りかかると、背の高い男が砂場に座り込み、何かしていた。

そのときは、砂に何か埋めているのか、遊んでいるのかもわからず、不審者だと思って立ち去った。

しかし翌朝学校へ向かおうと同じ場所を通ったとき、砂の中には手遊びの結果とは思えない、不思議な建築物のミニチュアのようなものが建っていた。

「アンコールワットみたいな感じでした。もちろん、次に通りかかったときにはもう崩れてなくなっていましたけど、砂であんなものが作れるなんて、びっくりして」

そのときはまだ、顔も知らなかったんですけど、と、遥子は話しながら懐かしそうに目を細める。

「それから、公園の前を通るときは、注意して彼を探すようになったんです」

たいていは公園にあまり人のいない時間、彼は一人でそこにいた。

砂場で何か作っていることもあったし、ベンチに座って絵を描いていることもあった。ベンチではないところに座って描いていることもあった。

しばらくの間は、熱中している彼を通りすがりに眺めるだけだったが、あるとき、遥子は彼の描く絵を見たくなり、公園の中に入って、彼の手元を覗いてみたのだという。

「小田切は、滑り台の前に座って、一心不乱に描いていました。後ろを通りすぎるふりをして覗いたんですけど、写生だとばかり思っていたら、全然違うんです。別の世界の絵みたいでした。滑り台も、原形をとどめていなくて」

びっくりしました、と、話しながら、遥子が笑った。

「この人の目には、世界が、こんな風に見えているのかと思って。どきどきして」

胸を押さえた右手の上に、左手を重ねる。そこに残る記憶を、大切に抱きしめるように。

「それで私、そのとき、あの人のファンになったんだと思います」

小田切は作品に集中していて、遥子に気づいた様子はなかったそうだ。

それをいいことに遥子は、小田切を見かけるたびに、彼の作品と、作品を作る彼の姿を観賞するようになった。

そんなある日、いつものように眺めていると、ふと小田切が顔をあげて、目が合った。遥子にとっては見慣れた顔だが、おそらく彼が遥子を認識したのはこのときが初めてだっただろう。見つめあったままの状態で、三秒ほどの間、お互い無言だった。

遥子が、はっとして「こんにちは」と言うと、小田切も、こんにちは、と挨拶を返してくれた。

言葉を交わしたのはこれが最初だった。

それから、顔を合わせると挨拶をするようになり、遥子は一方的な観客から、「顔見知り」に昇格した。

何度目かに会ったとき、「見ていいですか」と訊いたら、驚いた顔で、「どうぞ」と言われた。二度目の昇格だ。

「先に好きになったのは私のほうです。一言でも話ができるのが嬉しくて、毎日通いました」

小田切は黙々と作業をしていて、遥子が声をかけなければ彼女が来たことに気づきもしなかったが、黙って隣で見ているだけの遥子を邪険にはしなかったし、完成したものを遥子が褒めると、嬉しそうに笑ってくれた。

そうして少しずつ、距離が縮まった。

「作品作りに夢中になると、食べたり寝たりすることも忘れるのは、昔からでした。当時は、経済的な理由もあったんでしょう。話をするようになって何度目かのとき、びっくりするくらい大きな音で、小田切のおなかが鳴って」

思い出話をしながら、遥子はくすくすと、少女のように笑う。

小田切が亡くなってからのほうが、屈託なく笑えているように見えた。

これまで、遥子の表情にどこか翳があったのは、いつか来る別れが常に心にあったからかもしれない。

「それで、私、自分のお弁当をあげたんです。あの人、おいしいって食べてくれました。すごく嬉しかった。お礼にって、私に絵を描いてくれたんです」

遥子が中学校を卒業して、公園の前の道が通学路でなくなっても、ささやかな交流は続いた。

遥子は公園に弁当を持っていくようになり、やがて、小田切のアパートへ行き食事を作るようになった。

出会ってから一年ほどがたち、小田切が掛川に格安の古い一軒家を借りると、遥子も一緒にそこに移り住んだ。

小田切の作品が世に認められるのは、その後のことだ。

「病気がわかったのは、三年前です。今の家を建てて、すぐでした。長くは生きられないとわかって、小田切は、できる限りたくさんの作品を作ることと、その作品をできる限りたくさんの人に見てもらうために、どうすればいいのかを考えるようになりました。それから、残される私のことも」

お互いの家族のことは、それまであまり話していなくて、ただ、疎遠なのだということだけお互いに知っていた。

しかし小田切は実家には、自分の作った作品はもちろん、そのほかの財産も一円も渡したくないと、はっきりとした意思を持っていた。

「死後も作品を色んな人に見てもらえるように、そのためにお金を使ってほしいって、私に言っていました。実家のご家族にお金を渡したら、そのお金は自分が望む使い方をしてもらえないって」

小田切と実家の間に、どのような確執があったのかはわからない。遥子も詳しくは聞かされていないようだ。しかし、金銭への執着のなかった小田切が、自分の死後の、遺産の使われ方をそこまで気にするというのは少し不思議だった。それだけ親に対して腹に据えかねることがあったのかもしれないが、一円たりとも渡さないようにというのは、彼にしては過激な気がした。

できる限り関わりを避けるというだけならまだしも、積極的に恨むという姿勢が、どうも小田切のイメージと一致しない。

木村が素直に感想を口に出すと、遥子は微笑んで頷いた。

「建前(たてまえ)もあったと思います。死後も自分の作品を観てもらいたいとか、そのために財産を使ってほしいというのは、間違いなく、あの人の望みでしたけど……それだけなら、あんなに悩む必要はなかったんです。作品や、その保存のための費用だけ美術館に寄付したり、それこそ、財団法人に委ねたりする選択肢もあったんですから」

（やっぱりだ）

木村も、遥子に頷き返す。

彼女もわかっていたのだ。

自分の財産が死後どう使われるかも懸念材料ではあっただろうが、それ以上に、小田切が気にしていたのは、相続の争いに巻き込まれるかもしれない遥子のことだった。

彼自身が、できる限り関わりたくないと思ってきた実家の親兄姉に、遥子が、彼の死後に対峙しなければならなくなること。それを避けるために小田切は、親を完全に相続人から外す方法を探していた。

彼が何より守りたかったのは財産ではなくて、一人残される遥子だった。

「この家は私の名義にしました。でも、何もかもを贈与するわけにもいかなくて……どんな遺言を書いたって、いくらかは肉親に権利があるということがわかって、ずいぶん悩んでいたようです」

そんなとき、小田切は高塚に出会った。病気が判明して、一年ほどたった頃だったという。

「つきあいのあった人に、たまたま紹介されて、そのときにアドバイスをいただいたそうなんです。自分の作品が一つでも実家に渡るのは嫌だし、お金も一円も渡したくないって、それまでも、知り合いの弁護士さんに言ってみたことはあったようなんですが、あまり納得いく助言はいただけなかったみたいで」

自分が相談された弁護士の立場だったら、と想像する。

独身で子どももいない状態で小田切が死ねば、財産はすべて親のものになる。遺言で遥子にと言い残しても、親には遺留分がある。一円も渡さない、というわけにはいかない。

おそらく木村なら、彼の望み通りになるかどうか約束はできないと前置きした上で、遥子と結婚するように勧めただろう。

それくらいなら思いつく。

新人弁護士の木村でも思いつくのだから、相談を受け、結婚して子どもを作れと彼に助言した弁護士はいたはずだ。

子どもが産まれれば、親ではなく妻子にすべての財産を残すことができるし、子どもができなくても、少なくとも、遥子に配偶者としての相続権を与えることができる。

しかし子どもができなければ、相続人は、被相続人の妻と親だ。そうなれば遥子が、小田切の実家との争いに巻き込まれるのは目に見えていた。

彼らの間に、子どもを望めない事情があったのか、それとも、不確定な要素のある作戦では不十分だと思ったのかは、わからない。いずれにしろ、小田切はその助言には従わなかった。遥子との結婚は、小田切の求めていた完璧な答えではなかったのだ。

「でも、高塚先生は、あっさり答えをくれたそうです。こうしたい、ああしたいって小田切の希望を全部聞いてその後で」

遥子さんを養女にすればいいんですよと、高塚は言ったのだそうだ。

正式な法律相談の場でもない、どこかのパーティー会場のワインバーで、チーズなどつまみながら。

結婚して遥子が妻になっても、法律で定められた妻の相続分は遺産の三分の二だけで、残りは小田切の親のものになってしまう。しかし小田切に子どもがいれば、それが実子だろうが養子だろうが関係なく、親は相続人から外れる。妻と子がいれば妻と子に半分ずつ、子どももしかいない場合は子どもが全額受け取ることになるのが、法律の規定だと。

「こともなげに言われて、目が覚める思いだったって、小田切は言っていました。それで、高塚先生に財産の管理や遺言の作成をお任せして、財団法人の設立についてもお願いすることになりました。先生には、とても感謝しています」

日本では、独身男性が未成年の子を、それも女児を養子にすることは不可能に近いものの、養女になる側が成人していれば本人の意思で養子縁組ができるということは、もちろん木村も知っていた。しかし、恋愛関係にある女性と家族になりたいのなら結婚すればいいのであって、恋人をわざわざ養女にするなんて、普通は思いつかない。だから、木村は、彼らを実の親子だと思い込んでいた。

（でも、違った。順番が違ってたんだ）

小田切は娘と恋愛関係になったのではなく、恋愛関係にあった女性を娘にしたのだ。

「正しい家族の形じゃないって、わかっています。小田切は、私に、それでもいいかって訊いてくれました。法律上小田切の娘になるということは、妻にはなれないということだって。私、いいと答えたんです」

養子縁組を結んで一度親子になったら、後で離縁しても――縁組を解消しても、元親子だった相手とは結婚できない。

小田切と遥子は、一生、夫婦にはなれない。

それでも小田切は、彼女に渡したいものがあったし、相続の争いから、彼女を守りたかった。

そして彼女も、その思いを受け入れたのだ。

遥子は長い話の中で初めてうつむいて、膝の上で握った手に力を込める。

「本当は、財産なんていらないんです。あの人の作品が認められて、あの人が好きなことを、作品を作ることを続けられるのは嬉しかったけど、お金なんていらなかった。全部なくなったって、あの人がいればよかった。あの人がいなくなるなら、お金だけ残ったって何の意味もなかった」

でもあの人が望んだから、と、視線を自分の膝へ落としたまま、言った。

「あの人が人生をかけた作品を、あの人の望む形で、守っていけるのは私だけだったから……私、約束したんです。一生妻にはなれなくても、あの人の大事なものと一緒に生きていくって」

「……そうだったんですね」

健気(けなげ)な言葉に、木村も視線を落とす。

ようやく腑(ふ)に落ちた気がした。

小田切の気持ちは、木村にも理解できた。遥子に財産を残したいと思うのも、理解のなかった親兄姉に財産を渡したくないと思うのも、共感できる感情だ。それと同時に、大事な人を相続争いに巻き込みたくないと悩む気持ちもわかる。

だから、実家の兄姉たちが争う余地もないように、彼女を法律上揺るぎない、ただ一人の相続人にしたい。そのためならどんなことでも、と、彼が考えたのも、わからないことはない。

しかし、それにしても、恋愛関係にある女性を養女にするというのは、かなり思い切った決断だ。

第一、相続人になるために、愛する男の妻ではなく、娘になるということを、遥子に強いるのは残酷ではないのか。小田切は遥子に財産を残したいと望んだだろうが、遥子自身は、そこまでして財産を欲しがるとは思えなくて、何故彼女がそんな提案を受け入れたのか、木村は不思議だった。

しかしそれが、小田切の作品を守るためだったのなら納得できる。

小田切の作品は、一つ一つが非常に高額の財産だ。彼の死後はなおさら、値段が跳ねあがるだろうことは目に見えていた。

故人の思い入れなどとは関係なく、作品は遺産分割の対象物となり、複数人で遺産を分割することになった場合は、売却価額を分配することになる。

自分の命を削った作品を、ただ換価の対象物として扱われたくないという心情は納得できるものだった。

小田切を愛していた、また、小田切の作品のファンだと言っていた遥子にとっても、その思いは同じだっただろう。

彼の作品と、遺志を守るために、彼女は養子縁組まで受け入れて、ただ一人の相続人になることを決意した。

(遥子さんは本当に、小田切さんだけじゃなくて、作品も含めて、「小田切惣太」を愛していたんだなあ)

本当の意味で彼を理解し受け入れていなければ、できないことだ。

小田切惣太のファンとして、その献身に感動し、尊敬の念を覚える。

しかし木村がそれを口に出すと、

「本当は、それだけじゃないんです」

いたずらを告白する子どものように、遥子は小さく笑った。

「小田切の作品を守りたいという気持ちは本当です。彼がそれを望んでいたのも。でも、彼が私に作品のことを頼んだのは、作品のことが心配だったからじゃない。作品が一番大事だったからじゃないんです」

部屋の中にも、小田切の作品は飾られている。

壁際に置かれたそれに、遥子は愛おしそうな目を向けた。

「死後も自分の作品がたくさんの人に見てもらえるように、私に全部残していくって、お金はそのために使えばいいし、それを続けるためには、私も元気でいなくちゃいけないから、元気でいるためにもお金を使えって、小田切はそう言いました。自分がいなくなっても、自分の願いを叶えるために、元気で幸せでいてくれって」

(ああ)

——そうか。

その言葉と表情で、今度こそ木村も理解する。

小田切惣太の一番のファンだった遥子に、彼が、自分の作品を託した理由。

それは、彼女が一番自分を理解し、作品を大切にしてくれるからではなく——自分がいなくなった後の世界で、彼女に、生きる理由を持たせるためだ。

(結局、小田切さんが一番心配してたのは)

小田切惣太にとって、何より一番大切だったのは。

「作品のためじゃない、私のためなんだって、私、わかりました。わかっていました」

遥子は一度目を閉じて、ゆっくりと開き、それから言った。

微笑みながら。

「いなくなる日がくるって、病気がわかった日から繰り返し言い聞かせて、時間をかけて準備をして、ずっと覚悟はしていたけど、やっぱり、どれだけ覚悟してたって足りませんでした。悲しくて、つらくて、もういないなんて信じられなくて、でも、私、生きていけるんです。あの人と約束をしましたから」

両目はうるんで、涙の膜がゆらゆらと震えている。けれどその目は、しっかりと前を見ていた。

「あの人の作品を守っていくって、約束を果たすって、そうやって私に目的をくれたのは……全部私のためだって、わかるから」

あの人が大事にしてくれた私だから、私も、ちゃんと大事にします。

そう言った笑顔は、これまでで一番きれいだった。

もうその目に憂いはない。そこにあるのは、愛する人に愛されたという自信と、強さだ。

それは小田切が、彼女に残した力だった。

玄関のチャイムが鳴る。

葬儀社の担当者が来たのだろう。

それではと立ち上がり、木村も、遥子とともに玄関へ向かう。

色々とありがとうございました、と頭を下げる彼女に、

「俺に、できることはありますか」

最後にもう一度だけ訊いた。

いつかと同じ質問に、遥子は微笑んで首を振る。

「いいえ」

本心から幸せそうに言った。

「全部あの人が、ちゃんとしてくれたので」

予想していた答えだ。

木村は見送ってくれる彼女に頭を下げ、葬儀社のスタッフたちと入れ替わりに小田切邸を出る。

遥子はこれから先の分も、一生分小田切に愛されて、もうこれ以上何にもすがらなくても立っていられるのだ。

木村が彼女にできることなど、何もなかった。

そう感じるのはこれが二度目だ。しかし今日は、無力感も後悔もない。

強がりでもごまかしでもなく、これでいいのだと思えた。

彼女が今笑顔でいるのは自分の手柄ではなく、自分は最後まで何もできなかった。最初から、彼らに木村は必要なかった。けれど後悔はしていない。

強い意志と目的を持った人たちにとっては、弁護士も道具でしかないのかもしれない

と、信頼しあう関係をいつも築けるとは限らないと、木村も今では知ってしまっている。しかし、誰かの役に立とうとすること、それ自体を恥じたり無駄に思ったりする必要はない。諦めるには早い。

きっと自分はこれからも、依頼人たちに嘘をつかれたり利用されたりするだろうし、自分の無力さに落ち込むことも、弁護士という仕事に失望することもあるだろう。

そのたび、懲りないねと高塚に呆れられるかもしれない。それでも、いつも同じだけの信頼を返してもらえなくても、どんなに空回っても。

(何度繰り返しても、懲りたくないんだ)

背筋を伸ばした。

小田切邸と彼女に、背を向けて歩き出す。

振り向かなかった。

解説

芦沢央（小説家）

子どもから遊んでと言われて「今忙しいから後でね」と答えた時、親に電話をかけようとしてまた今度でいいかと先延ばしにした時、いつも私の頭をかすめるのは、「これを後悔する時が訪れるのではないか」という思考だ。

どれだけ意識して潰そうとしても、日々の生活の中で積み上がっていく「後悔の可能性」の砂山に、いつか必ず呑み込まれる日がやってくる。

それは予想というよりも確信のようなもので、けれど、現実として毎日を「最後の日」として過ごすことはできない。

結局、私はリアルタイムで「後悔」し続けながら日常を生きていて、だからこそ、その恐怖と何とか折り合いをつけるために物語を読み、書いている。

そんなことを、本書を読み、改めて考えた。

本書は、新米弁護士の木村が先輩の高塚に助言を仰ぎながら、一筋縄ではいかない依頼人たちと対峙していく姿を、連作短編集の形式で描いていくミステリだ。

「教え子に淫行をした」として逮捕された家庭教師の弁護人になった木村のもとへ、被害者である少女が現れ、不起訴にしてもらうにはどうしたらいいのか、と相談してくる表題作。

木村のロースクール時代の同期が息子の心臓手術の費用を工面するため、昔自分を捨てた資産家の父親から窃盗しようとしたことで、二人が依頼人と弁護人として再会する「石田克志は暁に怯えない」。

妻に浮気されて離婚の相談に来たものの、欲しいものは一人娘の親権だけだと主張して妻や娘を気遣い続ける男を描いた「三橋春人は花束を捨てない」。

世界的な芸術家の家を財産管理等の手伝いのために訪れた木村が、芸術家と娘の奇妙な関係を目撃してある疑惑に囚われ始める「小田切惣太は永遠を誓わない」。

それぞれ登場人物の名前を冠した統一感のあるタイトルの四話は、どれも彼らの切実な願いと、それを実現するための手段が物語の核になっている。

本書は弁護士を主人公にしたリーガル・ミステリでありながら、物語の主導権を握っているのは常に依頼人たちの方で、木村は巻き込まれる側――もっとはっきり言ってしまえば彼らの人生の「部外者」なのだ。

木村は懸命に彼らに寄り添い、力になろうと奮闘するが、彼らは木村を利用して法律の抜け道を探し、木村を欺いて法律を逆手に取り、目的を遂行する。

法律の知識は持ちながらも、情報が足らず、あるいは精神的な抵抗が障壁となって真相に辿り着けずにいる木村の視点で描くからこそ、彼の目を通して見えていた光景が反転する瞬間にはミステリとしての興趣が詰まっている。

依頼人の揺るぎない決意に愕然とする木村に対し、高塚が口にする言葉が印象的だ。

〈「覚えておけばいいよ。絶対に欲しいものが決まってる人間が、どれだけ強くて、」怖いものかを。〉


本書を端的に表わすのに、これほどふさわしい箇所もないだろう。

まさにこれらの四つの短編は、絶対に欲しいものが決まっている人間が、そのために「一般的な感覚では釣り合いが取れないとしか思えないような選択」をする話なのだ。

私が彼らに惹かれるのは、私が恐れ続けている「後悔の可能性」を、彼らが見事なまでに切り捨てているからだ。

※ここから先はネタバレを含みますので、未読の方はご注意ください。

たとえば、表題作において、いくら恋愛感情があったことを主張し、嘆願書を提出しても、両親に取り消される立場にある十六歳になったばかりの黒野葉月は、被疑者と結婚するという〝一発逆転の切り札〟で望むものを手に入れる。

だが、痛快なハッピーエンドであるからこそ、読み終わってしばらくすると、「エンド」の後も生活は続くという現実が頭をもたげてくる。十六歳と二十一歳にして、人生の大きな決断をした彼らの人生は、これから先の方がずっと長いのだ。

第二話は、幼い頃父親に捨てられた男が、息子の命を守るため、文字通り人生を懸けて罪を犯す物語だ。守る、という言葉が、法を守らない決断の上だからこそ強く響き、幼い息子のたしかな心臓の音が深い余韻を残す。

しかし、命を助けられた息子は、いつか父親が自分のために払った代償を知ってしまうかもしれない。

なのに彼らは、そうした容易に想定しうる未来をものともしない。

まるで「最後の日」のような選択をしながら、絶対に後悔しない未来にするのだと心に決めて、前へ進んでいくのだ。

「どの話が一番好きか」という議論は、短編集を読む際の醍醐味の一つだが、本書においては、挙げられる短編が読む人によってかなりバラけるだろう(ちなみに、私が一番好きなのは第二話だ)。

どんでん返しの爽快感と丁寧に積み重ねられた描写と伏線によって、「純愛を描いた感動的な話」と読めるギリギリのラインに保たれているからこそ、人によって異なる「受け入れがたい線」が浮かび上がる。

特にその線がはっきりしているのは、第三話だ。

三橋春人は、愛する人と家庭を築くために、好きでもない女性と結婚して子を作り、親権を奪って離婚する。

彼にとって、妻は子を産むための道具でしかなく、娘も愛する女性の罪悪感を減らすための貢物でしかない。

他者を犠牲にしてでも守り抜きたい愛の純度の高さに痺れるか、目的のために他者を踏みにじることへ嫌悪感を覚えるかは、人によって大きく分かれるはずだ。

そうした意味でも、この話のタイトルは秀逸である。

三橋春人が捨てない「花束」は、本当に愛する人への思いと解釈できる一方で、彼女に捧げるための娘だと捉えることもできるのだから。

本書がすごいのは、法律知識を使った鮮やかな反転を感動する物語に仕立て上げたことではない。

物語を感動的にすることで、読み手の倫理観を揺らがせ、倫理観がいかに主観的で危ういものなのかを炙り出していくことなのだ。

読み手がどんな倫理観を持っているかによって、読み口が変わる。

あるいは、一度目には受け入れられたものが、再読すると受け入れられなくなる。

それは、どの登場人物の立場で読むかによって、時間が経って読み手の年齢が変わることによって、再読でミステリとしてのサプライズがなくなることによって、見える光景が変わるからだ。

元々法律とは、社会を維持していくために必要な倫理観に、明確な規則と罰則を設けて国家的な強制力を伴わせたものだ。

しかし、文言として規定することで、倫理から出発したはずの法律は、運用される際にある意味で倫理とは分断されていく。


倫理観と法の運用との間で本来的に生まれてしまう矛盾や穴を描くからこそ、本書には運用に慣れた高塚と、一般人の感覚を残した木村が登場するのだろう。

倫理観が絶対ではないように、法律もまた社会の変化に応じて変わってきたことは、作中でも明示されている。

ここで時代の変化に合わせて改正された法律の例として挙げられているのが、「尊属殺」であることも興味深い。

考えてみれば、本書には様々な犯罪や法律が登場するが、収録されているのはどれも家族を巡る物語だ。

表題作において、黒野葉月が取った手段は、家父長制の流れを汲んだ法律を逆手に取るものだったし、三話目で、三橋が養子を取るという誰も踏みにじらずに済む方法を選べなかったのも、葵子が「誰からも祝福される相手と結婚して、家庭を作らなきゃダメなんだ」とこだわり、三橋が血のつながった子どもを作るべきだと考えたからだ。

つまり本書は、日本における家族のあり方をキーに、法と倫理の間にあるものを描いて読み手の倫理観を問うミステリなのである。

なお、織守きょうやの代表作の一つである『花束は毒』を読んだ方は、本書に収録されているある話を読んで、おや、と思ったかもしれない。ネタバレを防ぐために詳細は割愛するが、ある点がとても似ており、ある点が決定的に違う。

未読の方は、ぜひ読み比べて、突きつけられるものの違いを味わってみてほしい。

・作中の法律は単行本刊行時の二〇一五年のものです。
現在は改正されているものもあります。

・本書は二〇一九年七月に刊行された
講談社文庫『少女は鳥籠で眠らない』を
加筆・修正したものです。

双葉文庫

お-44-01

黒野葉月は鳥籠で眠らない

2022年7月17日　第1刷発行

【著者】
織守きょうや

【発行者】
箕浦克史
【発行所】
株式会社双葉社
〒162-8540 東京都新宿区東五軒町3番28号
［電話］03-5261-4818（営業部）　03-5261-4831（編集部）
www.futabasha.co.jp（双葉社の書籍・コミックが買えます）
【印刷所】
大日本印刷株式会社
【製本所】
大日本印刷株式会社
【カバー印刷】
株式会社久栄社
【DTP】
株式会社ビーワークス

【フォーマット・デザイン】
日下潤一

ISBN978-4-575-52585-4 C0193
Printed in Japan